義と仁叢書 2

清水《しみずの》次郎長《じろちょう》

SHIMIZU JIROCHO

一筆庵可候【著】

国書刊行会

まえがき

清水次郎長（一八二〇―一八九三）は幕末・明治を代表する俠客です。二代目広沢虎造が浪曲『次郎長伝』の冒頭に、

旅行けば　駿河の道に茶の香り　名代なる東海道　名所古跡の多いところ
なかに知られる羽衣の　松とならんでその名を残す　海道一の親分は　清水港の次郎長

と語《かた》って一世を風靡《ふうび》したように、清水次郎長は「海道一の大親分」として、浪曲、講談、芝居、小説、映画、テレビドラマなどに数限りなく取り上げられ、人気を博してきました。

もとより、侠客は人別帳からはずれて無宿人となったアウトローです。公的支配を逃《のが》れる裏の世界に生きるため、証拠となる文書を残さぬのが定めです。結果として文字による歴史資料がほとんど見当たらず、周囲の人々の虚実入りまじっての伝聞《でんぶん》が中心となっています。けれども、次郎長に関しては例外中の例外で、本人からの生前の聞き取りを元に、詳細な記録『東海遊侠伝』が明治一七年（一八八四）、次郎長六七歳の時に出版されました。

著者は元磐城平《いわきたいら》藩藩士・天田愚庵《あまだぐあん》（本名、五郎真民）です。明治一一年に山岡鉄舟の紹介で次郎長に出会いました。次郎長五九歳、鉄舟五三歳、五郎二五歳のときです。五郎はこの日を境に次郎長一家の食客《しょっかく》となり、清水一家の第一の子分「大政」の病死のあと、見込まれて次郎長の養子となります。折々に次郎長から直接その波乱に富んだ半生《はんせい》を聞き、記録しました。草稿を山岡鉄舟に見せると絶賛されます。次郎長亡きあとの晩年に出家して禅僧となり「愚庵」と称しました。

明治政府は明治一七年一月四日に『賭博犯処分規則』を公布。博徒を一掃する強硬策を打ち出します。背景には明治一〇年代の自由民権運動の高まりと、博徒との連携を懸念するものがありました。事実、公布の同年秋に蜂起した秩父事件の首謀者田代栄介は博徒の親分であり、政府の懸念は的中したといえます。

次郎長は明治一七年二月二五日に逮捕され、四月七日に懲罰七年、科料四〇〇円の重刑が言い渡されました。明治天皇の側近にまで出世した山岡鉄舟の知遇を得たり、薩摩出身の静岡県令大迫貞清と親しかった次郎長でも、逮捕されてしまいました。もっとも、前年末に旧知の大迫県令が警視総監に栄転し、新たに奈良原繁県令に変わっていました。

愚庵たちは嘆願書を作成して提出します。既に書き上げ印刷に回っていた『東海遊侠伝』も、山岡鉄舟たちの支援のもとに同じ四月に発行され、嘆願運動の一助となりました。そして、次郎長は翌明治一八年一一月に特赦放免されました。これらの経緯の詳細は「巻末特集　富士山南麓の開墾」に紹介されています。ご参照下さい。

明治・大正・昭和・平成と、次郎長が浪曲や講談、芝居、小説、映画、テレビドラマなどで繰り返し取り上げられてきた要因は、まちがいなくこの資料となる『東海遊侠伝』が存在したからです。


本書、一筆庵可候著『清水次郎長　明治水滸伝』は、明治二二年に日吉堂より刊行されました。『東海遊侠伝』を典拠としています。

このたびの現代文発行にあたり、左記のような編集上の補いをしました。
①旧漢字旧仮名遣いを新漢字新仮名遣いに改めました。
②表現も現代文に改め、差別用語に配慮し、一部を加筆し補いました。
③難字にはルビをふり、難解な言葉には（　）で意味を補足しました。

④一〇の大見出しを付し、小見出しの表記も、一部修正しました。
⑤原本の挿絵の一部を挿入しました。
⑥「巻末特集　富士山南麓の開墾地を訪ねて」は、明治初期に次郎長が心血を注いで取り組んだ開墾の様相と、今日の姿を取材し紹介するものです。

平成二四年三月

国書刊行会

目次

装幀　志岐デザイン事務所

一　幼いころから餓鬼大将

1　相模灘の難船

江戸時代初期の慶安《けいあん》（一六四八—一六五二）のころ、江戸市中では町奴《まちやっこ》の幡随院長兵衛《ばんずいいんちょうべえ》が、旗本奴《はたもとやっこ》の白柄組《しらつかぐみ》水野十郎左衛門を相手に活躍していた。徳川三代将軍家光の治世《ちせい》である。一方、幕末には京都に会津の小鉄がいた。長兵衛と小鉄の二人は、いずれも義にあつく、仁にすぐれた侠客である。さらに忘れてならないのは駿州《すんしゅう》（駿河《するが》の国。今の静岡県の中央部）清水港の義侠《ぎきょう》。人呼んで、

「清水の次郎長」

と綽名《あだな》される、大胆豪気な侠客である。ここに、侠客の魁《さきがけ》の幡随院長兵衛や、会津の小鉄に勝るとも劣らない、清水の次郎長の一代記を綴る。


文政《ぶんせい》（一八一八―一八三〇）のころ、駿河《するが》の国《くに》有渡《うど》の郡《こおり》の清水港に、渡海船《とかいせん》をもって家業とする雲不見《くもみず》三右衛門がいた。剛直な性格で、頼まれれば危険を恐れず、空模様も気にせず、豪胆に航海するので、

「雲不見《くもみず》」

と呼ばれていた。

ある年のこと。舟子《ふなこ》一四人とともに江戸に向け清水港を出航した。相模灘《さがみなだ》を

すぎようとしたとき、空がみるみるうちに黒雲におおわれ、激しい風雨の襲来が予測された。三右衛門は舳先《へさき》に立ち、

「急ぎ、帆を巻け、帆柱を仆《たお》せ」

と舟子《ふなこ》に指図し、嵐に対応しようとした。しかし、あっという間に、強烈な風と雨が押し寄せてきて、船は大波に揺り上げられ、揺り

下げられ、荒くれの舟子たちも生きた心地がしない。三右衛門はかねてから不時の用意として、一艘の小舟を載せていたので、

「もしも本船《もとぶね》が転覆したら、この小舟に乗り移るんだぞ」

と舟子《ふなこ》をはげました。海原はますます荒れ狂い、もはや禦《ふせ》ぐ手段も尽きはて、皆で顔を見合わせるばかり。そのとき、ひときわ大きな怒濤がおおいかぶさり、ついに船は覆《くつがえ》り、浪間深くに沈みはじめた。

三右衛門と舟子全員は、かろうじて小舟に乗り移った。小舟は風と波に翻弄《ほんろう》され、漂流しつづける。もとより僅《わず》かの食糧しか貯えていない。その糧食も二、三日で食べ尽くした。人々はただひたすらに神や仏の名を呼び、祈った。けれどもなお風浪は鎮まらず、昼となく、夜となく海原を流されていった。

一〇日ほどしたとき、どこの沖か誰もわからぬ、名も知らぬ、果てしもなく広い大海に出た。西も東も見分けられず、北を望めども、南方海上を見つめても、陸地とお

ぼしき姿は見えない。舟子たちはいよいよ気が滅入《めい》り、絶食で立ち上がる気力さえも衰え、手と手をとりかわし、呻《うめ》き苦しみの声をあげている。

三右衛門は舟子たちの苦悶の姿を見て、

「わしの船に乗り合わせて、不憫《ふびん》なものよ」

と思ったけれども、皆の気持ちを励まそうとして、小舟の上に立ちあがり、大音声《だいおんじょう》で故意《わざ》と、

「意気地《いくじ》のねえ野郎どもだ。さほどに浪風が恐ろしいのであれば、なぜ、船乗りになったのだ。武士が戦場で討死するのも、船乗《ふなの》りが海で死ぬのも、海に乗り出す前からの覚悟があろうに！」

と叱りつけたので、一同は口を揃えて、

「なんの、親方、浪や風が恐ろしいことがありやしょう。ただ、それよりもこのまま、飲みものも食べものもなく、あと二、三日漂流したなら、乾涸《ひから》びて死んでしまい

ますぜ」

と、たいそう辛そうに答える。三右衛門は厳しく眼《まなこ》を怒《いか》らせ、

「また、なんと不甲斐《ふがい》ないことをぬかすか。食いたけりゃ、さぁ、これを喰え」

と裳《すそ》を広げて脛《すね》を出し、腿《もも》を叩いて見せた。舟子たちはその迫力に圧倒され、思わず三右衛門の顔を注視した。そのとき、海上はるか遠くに一点の火の光を見つけたので、三右衛門は皆に向かい、

「もはや陸地に近づいたぞ。なにがなんでも、あの火を目標に、一生懸命漕ぎつづけるんだ」

と励ました。舟子たちも気を取り直し、一心不乱に、

「ここぞ、生命《いのち》の瀬戸際《せとぎわ》だ」

と誰彼《だれかれ》の区別なく、手を取り合い、必死に船を漕いだ。しばらくの間、漕ぎ進める折りから、一人の舟子が誤って櫓を海の中に落とした。舟子はあわてふためいて、身を

伏せて、海中から櫓を取り上げようとしたところ、はからずも、その手に砂を握った。それを見た三右衛門は皆に向かい、声を出して笑い、

「もはや舟は陸地に着いたぞ」

と叫んだ。一同はほっと胸をなでおろし、安堵《あんど》の念にかられた。

しばらくして、夜が明けたので周囲を見渡してみると、舟子の誰も知らぬ土地である。そこで上陸して人に尋ねると、

「八丈島ですよ」

との返事であった。三右衛門はまっ先に、八丈島の役所に届け出て、島役人の保護によって、一年ほどこの地に止《とど》まり、故郷の清水港へ行く船を待った。一四人の舟子のうち三人が病気にかかって、ついに没した。その他の人達は三右衛門に連れられて、やがて故郷の清水港へ立ち帰ってきた。

2 雲不見《くもみず》三右衛門に健児誕生

健児をたとえるのに龍の子、鳳凰《ほうおう》の雛《ひな》の故事《こじ》がある。中国晋《しん》の国の陸十龍《りくじゅうりゅう》は幼少から鬼才ありと称賛された。呉《ご》の閔尚書《びんしょうしょ》は陸十龍の秀才ぶりをたとえて、

「この幼児《おさなご》は、龍の子でなければ、鳳凰《ほうおう》の雛《ひな》と言えるほど、すばらしい子どもだ」

と述べたというものである。

文政三年（一八二〇）の正月元旦に、雲不見三右衛門《くもみずさんうえもん》の妻おたねは男児を出産した。次男であった。母子ともに健康で、産後の肥立《ひだ》ちもよい。誕生七日目の祝いのお七夜《しちや》に、長五郎と命名した。夫婦は掌中の珠《たま》のように可愛がり、襁褓《むつき》（生まれたばかりの幼子に着せる産着《うぶぎ》）のうちより撫育《ぶいく》（いつくしみそだてること）し、長五郎が笑えば早くも物言うことを促し、這《は》いはじめると立ちあがるのを期待するなど、限りない親の愛をそ

そいだ。

月日のたつのは早く、文政四年の春を迎えた。長五郎の母親おたねには弟がいた。次郎八と名乗り、同じく清水港に住み、農作業の合間に米屋を営んでいる。次郎八夫妻には子どもがなく、かねてより養子縁組をして、家督を譲りたいものと願っていた。

ある日、次郎八夫婦が義兄三右衛門の家を訪れ、四方山《よもやま》の雑談のすえ、

「長五郎を養い子として、我が家の跡を継がせたいのだが」

と切り出した。実弟の次郎八から懇望《こんもう》され、姉のおたねも三右衛門も、

「可愛い長五郎は次男、上には兄がいる。いずれは他姓を襲《つ》ぐ身でもあるわけだ。望まれるこそ幸せというものか」

と思案し、次郎八夫婦に、

「おぬしの家の跡取りにしたら良い」

と承諾した。三右衛門はさらに、胸のうちを語った。

「さりながら、この子が成長したのちのことで、一つの懸念があるのだ」

「義兄《にい》さん、それはなんですか」

「ほかでもない。世間ではよく、正月元日生まれの者は、優《すぐ》れて英雄になるか、あるいは極悪人《ごくあくにん》となると言う。伝え聞くところでは、神君《しんくん》徳川家康公も正月元旦の生まれ、大盗賊の石川五右衛門もまた正月の元日生まれという。もとより信ずべきことではないけれども、ただ念のため、伝えておきたい。良きにつけ、悪しきにつけ、行末ともに厳しく教育して欲しい」

次郎八夫婦は打ちよろこび、数え二歳の春より長五郎を引き取った。愛児を得た夫婦は、蝶よ花よと慈《いつく》しみ、わが子のごとく養育するほどに、長五郎もまた次郎八夫婦に馴れ親しみ、実《まこと》の父母《ちちはは》と疑いもなく、春の木の芽がグングンと発育するように、日一日と成長した。

四、五歳になったころより長五郎は常に荒々しい遊びを好み、年長の七、八歳の子どもたちと相撲を取り、あるいは撃剣を試みるなどしていた。力は人一倍強く、一方の大関格であった。近隣の遊び仲間も、長五郎の悪戯《わるさ》を恐れ、早くも、八歳となったころには餓鬼大将の首領と仰ぎ、長五郎の指令にしたがい、毎

日戦争ゴッコをくりかえした。突進や戦いなどの場面では勢い鋭く体当たりするため、ついには子どもの親たちの怒りを買い、長五郎は次郎八夫婦の訓戒《いましめ》を受けたけれども、少しも従わなかった。

荒々しい態度は改められず、少しも従順にならないので、養父母もほとほと持てあまして、清水港内の寺子屋の孫四郎師匠に頼み込んだ。学問でも学べば、少しはその荒々しさも落ち着くだろうと考えたわけである。孫四郎先生に事情を伝えて通学させたところ、書道は習わず、学問を学ぶ心がけも見えないので、先生も辟易《へきえき》して、長五郎を追い帰したほどである。

3　寺子屋でのいたずら

このように長五郎は孫四郎先生の寺子屋から通学を断られ、その後は自由気ままな遊びに明け暮れていた。朝に夕に土地の子どもたちを駆りたてては、自ら餓鬼大将となって、隣村や近郷近在にまで押し出し、しきりに喧嘩《けんか》をいどんだ。長五郎の剛胆さや勇気に、押しかけた先で靡《なび》かないものはなかった。ついには長五郎の姿を見ると、ひとしく恐れをいだき、

「次郎八の長が来た」

「次郎長が来た」

と呼びかわして、皆、先をあらそって逃げかくれたという。こうした荒々しい振る舞いに、養父次郎八は困り果てて、ふたたび清水港内の禅叢寺《ぜんそうじ》へ頼み、寺子屋へ通わせることにした。養父の家業は米穀物商である。養子の次郎長には、読み書き算盤《そろばん》はぜひとも身につけてもらわねばならない。

禅叢寺の寺子は七〇人ほどで、東西南北の近辺より通ってきていた。次郎長は好敵手はどいつだろうとわくわくしながら、八鐘《やつ》さがり（未《ひつじ》の刻。午後二時すぎ）の帰りがけ

に、待ち伏せしては乱暴したので、子どもたちは次郎長を深く憎み、

「今後、次郎長が意地悪をしたら、みんなでやっつけてやろう」

と秘かに言い合わせた。

この動きを聞き、さすがの次郎長も大いに驚き、

「これほど多人数では、うかつに喧嘩もできないな」

と子どもながらも深く思慮し、その後は身を慎み、毎朝養父母に銭をもらって寺子屋への途中で菓子を買った。自分に味方する子どもたちにこの菓子を与えたので、無邪気な子どもの常で、餌に飼われる犬猫のように、次々に昨日の敵も今日は味方となり、日を追うごとに次郎長の勢力は増していった。

次郎長はひとり悦び、勇気を得て、持ち前の傲慢《おごり》がおきてきた。自分に反対する寺子をめくじらを立てて苛《いじ》めた。やがて次郎長の威力を怖れ、誰もが敬して遠ざけるようになった。

寺子屋の師匠である禅叢寺の住職は寺の裏手に、数坪の畑を耕し、たくさんの菊を栽培していた。夏には毎日、寺子のうちの年長者を居残りさせ、溝の泥水などを汲《く》みあげさせて、菊の根に注《そそ》がせた。寺に勉強にくるのでさえ面白くないのに、帰ることもできずに水汲みの労役《ろうえき》をさせられるので、寺子たちのあいだには不平不満の声がうずまいていた。次郎長はこの様子を見て、片頬に笑みを浮かべ、

「おぬしら、安心しろ。ここは一番、おれが知恵をふるって師《し》の鼻をあかせ、二、三日のうちに早く帰れる工夫をするから」

とひとり思案していた。それからのち、次郎長は一日に二、三度ほど、寺僧に見つからぬように裏手の畑へ行き、菊を根こそぎ引き抜いてはそのまま立て、気づかれぬように工夫した。三、四日すると盛夏の炎天下に畑の菊はことごとく枯れはててしまった。住職はひとりこれを怪しみ、かれこれ詮議《せんぎ》をしたけれども、次郎長の悪さはさと

られず、ついに寺子たちは日々の労役から解放された。
次郎長の頓智《とんち》と実行力を目《ま》の当たりにして、はじめは次郎長を憎み非難していた子どもたちも、次郎長を評価し、親しみ、たちまちにして寺子屋の餓鬼大将になった。

また、ある日のこと。次郎長は学課の間に方丈《ほうじょう》の奥庭の池のほとりで、しきりに金魚を眺めていた。金魚が欲しくなったとみえ、あれこれ手を尽く

すが、なかなかつかまらない。そこで次郎長は一計を案じ、自分の弁当を持ってきて、飯粒を池に入れた。餌の飯粒を争って食べる金魚を、巧みに浅い所に誘導し、ついに美事な金魚五匹をすくい捕り、弁当箱に入れ、そしらぬ振りをして元の席に戻った。

お昼になり、寺子たち一同が教堂で弁当を食べはじめても、ひとり次郎長だけがいない。師の坊は、

「これは怪しい。なぜ、今日にかぎって、皆と一緒に食べないのか、なにかあるぞ」

と心を配り、秘かにほかの子どもに言いつけて、次郎長の机の下の弁当箱を検査したところ、あにはからんや、弁当には飯粒はなく、水が入っていて金魚が泳いでいる。

「これはどうしたことか」

といぶかりつつ、厳しく次郎長をただすと、少し恥じたる様子で池の金魚をすくい捕った一件を白状した。住職は烈火のごとく怒り、ただちに養父の次郎八を呼び出し、

金魚事件の一部始終を語り、即刻に寺から退却させた。

4　薩埵峠《さったとうげ》の柴刈

禅叢寺の住職も次郎長のいたずらに呆《あき》れはてて、次郎長を追い出したあと、人づてに裏の畑の菊枯れの一件も次郎長の仕業《しわざ》であるのを聞き及び、ますます舌を巻くばかりであった。

かくて、次郎八はほとほと次郎長の教育《しつけ》に困り、ある日女房と相談し、

「いかに子どもと言いながら、長五郎のごとき乱暴者はこの広い世間にも多くはあるまい。とはいえ、思慮分別もあり、大人もおよばぬ頭の回転の早さもあれば、行末《ゆくすえ》はかならず見どころあらん、とこれまで養い育ててきた。

なれど、一度ならず二度までも、寺子屋から逐《お》い出された。このまま家に置いた

ら、ますます我儘《わがまま》が増長し、いかなることになるやもしれない。

さりとて、いまさら、雲不見《くもみず》の家へ差し戻すわけにもいかねば、いっそ、あいつを他所《よそ》へ預けて、心根を鍛《きた》えてやらねばならないが、それにしては親類の誰に頼めばよかろう。それともほかの手段があれば、言ってみよ」

と語った。

女房も、嘆息をつきながら、

「尋常一様ではない長五郎の振る舞いに、呆《あき》れてものも言えないほどですが、雲不見《くもみ》ずから養子に貰ったときの話に、この児は正月元日の生まれ。良い者になるときは、どのくらい出世するか知れず、また悪い者になるときは、どのくらいの凶漢《わるもの》になるかも知れない、と聞きました。

子どもながら負けずぎらいの長五郎の気性。わたしたちには分からないけれども、末たのもしく思われます。いっそ、今のうちに厳しい家へ預けて、あの我儘《わがまま》の気性を矯《た》めなおしたら、子どもは器《うつわ》の水と同じとやら、かならずあの子のためになりましょう」

と答えた。

「なるほど」

と次郎八はうなずき、洞村《ほこらむら》の縁家勝五郎宅へ長五郎を連れて行き預けた。しかし、ここも半年ほどで上手くいかず、体《てい》良く送り返された。次に女房の実家、倉沢村の兵吉宅に預け、兵吉に、

「長五郎はひととおりの子どもではありません。まだ一〇歳にもならぬのに、三回も他所《よそ》から逐《お》われました。わたしたち夫婦もほとほと手に困っています。なにとぞ、きびしく仕置きして、真《まこと》の人に導いてください」

と、念を押して頼み込んだ。兵吉も了承し、長五郎を使役すること、もっとも厳しく、傭人《やといにん》たちとともに、朝も早くから起床させ、田畑の農事を手伝わせ、夜は遅く

まで机に座らせ手習いなどをさせた。

次郎長は少しも屈する様子もなく、傭人《やといにん》たちを相手に、日々喧嘩をするほどに、兵吉は腹を立て、その後は一頭の小荷駄《こにだ》を曳かせて、薩陲《さった》の山に追い登らせ、柴や薪《たきぎ》を採らせるようにした。

麓の村の子どもたちは次郎長が通るのを遮《さえぎ》り止めて、朝に夕に嘲《あざ》り罵《のの》り、あとでの報復も知らずに、さんざんにからかった。次郎長は気にもかけず、一〇日ばかりは返答もせずに往来したので、彼らはますます多勢をつのり、次郎長が馬を曳き薪を背負って倉沢村へ帰る時刻に、その道筋に待ち伏せして罵《のの》り、いろんな悪戯《いたずら》をしてきた。

ある日、次郎長は心の中で、今日こそ目にもの見せてやるぞ、ときめながら毎日《いつも》と変わることなく、小荷駄に薪を積み自身も柴を背負って麓の道を山から戻ってきた。村の子どもたちはそれを見て、たちまちに寄り集まり、小石を投げつけ、得物《えもの》を打ち振り、しきりに次郎長を撃とうとした。次郎長は、

「時こそ、今だ」

と曳《ひ》いていた馬の手綱《たづな》を荷鞍《にぐら》に結びつけ、松の枝を振りあげて馬の尻をたたいた。馬は一気に走り、集まっていた子どもの方へまっしぐらに、地蹄《じひづめ》を鳴らしてつっこんでいく。荒馬のあとから次郎長は躍り込み。日ごろの返報とばかりに撃ったので、敵の子どもたちはたちまちに狼狽《うろたえ》、惑《まど》い、度を失って転ぶ者あり、馬に蹴られて仆《たお》れる者あり、皆さんざんに追い立てられて、傷を負う者も多く、そののちは次郎長と争う者はいなくなった。

二　任侠の道に入る

1　次郎長の出奔《しゅっぽん》

歳月はあわただしくすぎ、天保《てんぽう》五年（一八三四）となり、次郎長も一五歳となった。武士であれば元服《げんぷく》の年であり、一人前と見なされる年齢である。もとより卓越した資質がありながらも、今はその身を深く慎み、預け先の兵吉夫婦の訓戒にしたがうので、夫婦も大いによろこび、ある日、清水港の次郎八のもとを訪ね、長五郎の様子を伝え、

「あの腕白児もようように、荒々しい鬼の角《つの》も折れたと見え、このごろは頭もふらず、雇人《やといにん》らと農業三昧。まったく悔悟《かいご》の実も見えれば、近々送り戻そうと思う。篤《とく》と様子をみられよ」

と語った。その言葉を聞いて次郎八はことのほかよろこび、

「それというのも、この年月《としつき》のあなた方夫婦の教育によるもの。ほんとうにかたじけない」

と厚く御礼を述べた。

そののち、佳《よ》き日を選んで次郎長を倉沢村より引き取った。それからは店に置き、家業の米商売を見習わせ、米相場の駆け引きや枡《ます》取りの機転など、なにくれとなく教えた。けれども次郎長は少しも興味を示さず、その年の六月のある夜、両親に対し、

「人の話に承《うけたまわ》れば、すべて何の商売によらず、日本第一の盛り場は江戸の府内《ふない》ということゆえ、修業のために三、五年江戸に出たいと存じます。なにとぞお許し下さ

い」

と強く望みを訴えた。夫婦にはまだ安心して手放す覚悟がなかったため、体《てい》よく長を説きなだめ、

「いかにも、商売を覚えるために江戸へ出ようという望みは、人の及ばぬ了見であるけれども、諺《ことわざ》にさえ言うごとく、江戸は活馬《いきうま》の眼を抜くという荒気《あらき》の土地柄。まだ踏みも見ぬ東海道を、年端《としは》もゆかぬそなた一人が上《のぼ》って往くのは覚束《おぼつか》ない。せめて、一九か二〇《はたち》歳になるまで江戸へ出るのは見合わせよ」

と差し止めた。遺憾《いかん》と思いながらも、その上に強《し》いて言うこともできずに、次郎長はウツウツと心を悩ませていた。つらつら思いめぐらすうちに、

「男児がいったん望みを起こし、親の意見に我《われ》を曲げ、ただそのままに中止するのは甲斐のないこととなれば、今は不孝の子と呼ばるるとも、四、五年ののちは一事を成しとげ、錦を飾りて帰り来《きた》れば、罪をつぐなう功《てがら》にもならん」

と、ひとり決心し、かねて養母が秘蔵している手文庫の中より四〇〇両を持ち出し、一〇〇両を家の裏手の柿の木の根本に埋め、残りの三〇〇両を携えて逐電《ちくでん》した。

江戸に向かって、三島の宿に泊まり床に入ろうとしていると、養父次郎八が突然へだての襖《ふすま》を押し開き、つかつかと入ってきた。次郎長は驚き、恐れ、フトンをかぶっていると、次郎八は怒ってフトンを引きはがし、

「ふらち者めが、さほどに江戸に行きたくば、なぜにもう一度相談せぬ。さすれば強《し》いて止めはせぬ。それのみか、大胆にも母親が秘置した四〇〇両の大金を持ち出したに相違あるまい。さあ早く、ここへ金を差し出せ」

と語気荒く責め立てた。次郎長は一言半句の抗弁もなく、ただその頭を畳にすりつけ、謝った。

次郎八は側に寄り、次郎長を裸にして胴巻きを取り上げ、中をあらためた。四〇〇両と思っていたが、三〇〇両に少し欠ける数に不審をいだき、

「このほかの金《かね》はいかにした」

と厳しく問いつめたが答えず、ただひたすら畏縮の体《てい》なのを見て、次郎八は次郎長に衣類一枚と銭《ぜに》一貫文を与え、

「もはや、いずこへゆくなり、勝手にせよ」

と言い捨てて、胴巻きと件《くだん》の金《かね》を懐《ふところ》中に入れ、清水港へ立ち帰っていった。

2　浜松で巨利を得る

三島宿の旅籠《はたご》で、次郎長はただひとり腕をこまぬいて、嵐にあった秋草の葉のごとくしょんぼりしていた。宿の若衆は一部始終を聞いていたので、

「もしや、今宵の旅籠料も踏み倒されるのではないか」

と思ったのか、

「先刻お着きの折りに伺いますれば、清水よりお出《いで》のよし。かねて一人旅は御禁制ではございますが、遠国の方ではなし、大丈夫でしょうと私一人が早合点して、お泊め申しましたが、どうやらあなたは親御《おやご》さまへ済まないことをなされたご様子。誠にお気の毒ですが、お泊め申すことも出来かねます。なにとぞご迷惑さまながら、出発《おた》ち下さりませ」

と言う。聞くより早く次郎長の怒りは爆発し、

「いかにも、察しの通り、わしは清水の次郎長という腕白《わんぱく》小僧だ。商売の修業のために江戸に行く路用を基本金《もとで》に、三〇〇両の金を持ち出したが、とうとうここでふん捕まり、洗いざらい取り返され、途方に暮れているのだ。その崇《たた》り目につけこんで出立《てた》というなら出発してやろう。この一貫文はたった今、親父にもらったものだが、邪魔になるから取って置け」

といいつつ、銭を投げ出して、夜中に旅籠《はたご》を出発した。宿の若衆たちは次郎長の気風《きっぷ》

に、

「年に似合わぬ、大胆な若者だ」

と驚いた。

次郎長は三島宿を出て、東へは行かず、ふたたび西へ立ち戻っていった。

翌日の夜更けを待って、秘かに清水港の我が家の裏手に忍び入り、柿の木の根本に埋めた一〇〇両を掘り出した。

清水から府中（現在の静岡市）に至ると、華美な衣裳を求め、浜松に赴《おもむ》いた。

浜松に四、五日逗留《とうりゅう》するうち、前年来の不作で天下に飢饉《ききん》が迫らんとし

て、米価が高騰しているのを見て、次郎長はここぞと思案した。かねて同所に知り合いの米穀商がいたので、その店を訪ね米の買い入れをした。店主もまた次郎長の親父の次郎八を知っていたので、少しも疑わず多くの取り引きをするほどに、ますます米価は高騰し、次郎長は巨大な利益を手にした。

やがて、玄米一五〇俵と金一〇〇両を得て、便船に乗って清水港に漕ぎ入れた。まず独りで川岸《かし》にのぼり、件《くだん》の米を陸揚げし、多くの人夫を雇って我が家の店頭に積み重ねた。次郎八は一五〇俵の米を見るなり、たいそう驚き、不審を抱いていると、次郎長は悠然《ゆうぜん》と我が家に入り、親父の前に手をつき、

「さて、親父さま、さきごろのわしの不始末、どうぞお許し下され。あの米とこの金はわしの少しの土産の印《しるし》です」

と懐中より金一〇〇両を差し出したので、次郎八夫婦は言葉もなく、顔を見合わせた。

3　老僧の予言と次郎長の決意

次郎長は茫然としている次郎八に事の次第を物語り、

「なにとぞ、これまでの無頼《ぶらい》の罪をお許し下さい」

と謝《わび》入《い》れた。その側から母親まであれこれと取りなしたので、親父も次郎長の米穀取り引きの尋常《ひとなみ》ならぬ力量に感じ入り、なにごとも言わずにそのまま睦《むつ》み合うこととなった。

されば、次郎長はそれよりのち堅くその身を慎《つつし》み、あたかも魂《たましい》が変わりしごとく、粗暴な所業もなくなり、専《もっぱ》ら親父の家業を助け、首《かしら》もふらず働いたので、次郎八夫婦は深くよろこび、

「長よ、長五郎よ」

と愛《いつく》しみ、末たのもしく思っていた。

しかるに生者必滅《しょうじゃひつめつ》は世の習い。常ならざるのは人の上にて、翌天保六年（一八三五）の夏のはじめ、次郎八は病気に罹《かか》り、薬餌《やくじ》の効もあらずして、ついに黄泉《よみ》の客となった。死に先立ち、次郎八は次郎長を枕辺《まくらべ》に呼び、

「生ある者は必ず死あり。我、もし病気に勝てずして、この世を辞するときは、そなたはますます家業を励みて、ゆめゆめ家産《かさん》を散じるな」

と涙をふるって述べ、

「そなたを雲不見《くもみず》の家より貰い受け、襁褓《むつき》のうちより養育せしこの一六年。ただ恨むはそなたが成人ののちの活躍を見ざることだ」

と次郎長の手を握って、息絶えた。このありさまに女房も次郎長も、ひとしく悲嘆に沈んだ。

近隣の人も集まり、縁類の者も馳《は》せ来たり、ようよう葬儀の準備も整い、菩提寺へ

厚く埋葬し、仏事回向《ぶつじえこう》も残る方なく営み終えた。

かくて次郎長は家業を継ぎ商売に励み、亡父の遺産も少なからねば一家ますます繁昌し、店にも多くの手代を使い、富裕に暮らしていた。ところが、夫の次郎八が没してより養母の品行がおさまらず、多くの資産を失うにいたり、次郎長の奮励《ふんれい》に恥じたのか、自ら家を脱した。次郎長はこれを嘆き、八方に人を出して探したがついに行方《ゆくえ》が分からなかった。

次郎長はそののち、ある人の媒酌《ばいしゃく》によって妻を迎え、ひたすらに家業を営んだ。ある日のこと。次郎長がいつものように店頭に出ていると、行脚《あんぎゃ》の僧が近づいてきた。白い髭《ひげ》は胸まで垂《た》れ、アカザの杖を右手に持ち、身には垢《あか》のついた古い衣《ころも》を着ている。次郎長の顔をつくづくと見やり、嘆息して、

「惜しむべし、弱冠《このこ》、命数二五を出でず」

と言って、立ち去った。次郎長はこれを聞き、

「げに、一生は夢のごとし。はたして彼《か》の僧の言うように、我が命《いのち》が二五歳を出でざるのであれば、いかで、ちまちまとこの世を渡ろうか」

と思い、

「今や天下は平安にして、名を成すべきの機会なし。ひとり郷党《きょうとう》に志《こころざし》を逞《たくまし》うし、この一回かぎりの人生に快《こころよし》となすものは——ただ、任侠《にんきょう》の道のみ」

と決断した。これにより次郎長は身を遊興の世界に投じ、昨日に変わる磊落不羈《らいらくふき》の酒を飲み、角力《すもう》を挑みて近郷を横行した。

三　清水港をあとにする

1　北矢部の賭場の戦い

天保一三年（一八四二）の春三月、桜の花舞台の江尻の宿に江戸役者が下《くだ》り来て、演劇の興行があった。このとき次郎長は二三歳。華美を飾り、使いの者とともに江尻宿に赴き、まず知人の家を訪ね、三、五人連れ立って芝居の上等桟敷《さじき》を買い取り、酒を呼び芸妓を招き、あたりに人なきがごとく、一日中遊興を尽くした。やがて狂言の終えたあと、一座の者を誘って江尻の妓楼に登り、唄わせつつ、舞わせつつ、なお十二分に酒を傾けた。

その夜一〇時すぎに酔ったまま妓楼を出た。足もともおぼつかなく、真闇な夜道をただひとり、巴川《ともえがわ》の堤に沿って心地良げにたどり来て、帰路も半ばをすぎたとき、どこからか飛んできた礫《つぶて》の一つが額にバッシと当たった。たちまち両眼が眩《くら》み、大地へどうと打ち倒れたが、気丈な次郎長は、

「暗打ちをする腰抜けども、清水の次郎長を撃ちたくば、ここにいる。いざ尋常に名乗って出でよ」

と大音声をあげつつ、身を起こせば、声を目的《めあて》に八方より霰《あられ》のごとく投げてくる礫《つぶて》に進退も自由にならず、次郎長は地上に腹ばいとなり、敵手《あいて》の様子をうかがう。折りから、前後より七、八人が忽然《こつぜん》と現れ出て、それぞれ手ごろの竹竿を持ち、次郎長を囲んで滅多打ちにする。少しの隙もなければ、さすがの次郎長も言葉も出せず、身を縮めていた。敵手《あいて》の奴らは勝どきをあげ、西と東へ駆け去った。

次郎長はようやく夜更《ふ》けて、家に帰った。数カ所に傷を負い、医師にかかって治療を受け、数十日をすぎて全快した。

「それにしても、襲ってきたのは何者だ」

と無念に思い、八方探索した。そのうちに、

「我、もし大酔しなければ、このような恥辱《ちじょく》は受けなかったであろうに。酒こそ、我が身の仇《あだ》なり」

と心中ひそかに思い、そののちは飲酒を禁じ、ついに一滴も飲まなくなった。

三ヵ月ほどたった旧暦の六月中旬。白昼の炎暑もようやく打ち水で涼しくなる黄昏《たそがれ》どき、府中（現在の静岡市）の博徒《ばくと》金八が次郎長の家に来て、

「今夜、北矢部村の平吉の家で勝負があると聞いたので、兄貴を誘いに来た。行く気があるかい」

という。次郎長はよろこび、

「このごろ久しく賭場へも出ず、自家《うち》にばかりくすぶっていて、退屈でならなかったところだ。よく誘いに来てくれた」

と、すぐさま身支度して、二人は北矢部村へ向かった。

やがて、平吉の家に着いてみると、次郎長たちより先に、近隣の博徒の武五郎、佐平、富五郎、千吉、長伝《ながでん》、乙松《おつまつ》などの六人が早くも茣蓙《ござ》を敷き、盆を置いて、しきりに勝負している。両人はこれに加わりつつ、それぞれ勝ち負けがあった。その夜も更《ふ》けて、早くも夜中の一二時をすぎるころ、武五郎ら六人は金八と次郎長に対して、ひ

そかにいかさまを行った。金八がこれをさとり、武五郎の手をとがめたところ、武五郎は怒り狂い、

「なまいきに、何を言うか」

といきなり立ち上がって、金八を打とうとするのを、次郎長が押しなだめ、双方を説きさとすと、かの六人のうちの富五郎（あだなを小富という）は、かねてより次郎長に宿怨《しゅくえん》があるので、このときとばかりに、いきなり打ちかかった。次郎長も、

「もはや、これまでだな」

と小富の手首を捻《ね》じあげつつ、足を揚げて腹を蹴りつけ、押し倒した。金八は武五郎と闘い、やがて相手に切り立てられ、無惨にも数ヵ所に手傷を負い、鮮血がどくどくとほとばしる。次郎長は金八を肩にしつつ、六人の攻撃を防ぎながら、ようやく平吉の家を脱出し、いったん清水へ引き揚げた。

2　巴河原《ともえかわら》の仕返し

家に着くと次郎長は金八の傷の手当てをして、手ごろな棍棒《こんぼう》を持って、再び北矢部へ行こうとした。金八は次郎長の袂《たもと》を引き、再三押しとどめたが、次郎長は怒気《どき》激しく、金八の制止を振り切って出かけていった。そこで金八も気を取り直し、痛みをこらえて次郎長の跡を追った。

手負いの金八が跡を追ってくるのも知らず、次郎長は飛ぶがごとくに道を急ぎ、北矢部の平吉の家にたどり着くと、まず外から家の内を窺《うかが》った。人の声も聞こえず、戸を押し開けて奥に通ると、主人の平吉は寝床で目を開けていた。次郎長は、

「あの六人の者はどこだ」

と問うと、

「たった今、ここを出て、江尻へ行った」

という。聞くより早く、次郎長は歩き馴れた近道を通って六人を追いかけた。ようやく追いつき、星の光に透《す》かして見れば、まぎれもなく五、六間先に武五郎らの一行がいた。次郎長はうしろから、

「そこにいる半端ものども、この次郎長が用がある。しばらく待て」

と声をかけた。六人はうしろを振り返る。そのなかの武五郎をただ一撃にと打ちかかると、すばやく身をかわし、腰の一刀を抜く。暗夜のかけひきに勝負の行く末はわからなかった。次郎長は気を苛立《いらだ》たせ、勢いよく棍棒《こんぼう》を打ち込む。武五郎は受け損じ、持った刀を撃ち落とされた。たじろぐ武五郎のそばに立ち現れた小富を見るより早く、次郎長は、

「おのれ！」

といいつつ小富めがけて打ちおろした。小富はすばやく棒をかいくぐって逃げだせ

ば、次は佐平の顔を真っ向微塵になれと打ち砕いた。小富は隙をみて、ひそかに次郎長の後方に廻り不意をつこうとしたが、めざとく見つけた次郎長は棒を横なぐりにした。棒は小富の顔にハッタと当たり、眼はくらみ、鼻はひしげて、その場にどうと打ち倒れた。

ここまでの一部始終を眺めていた武五郎、千吉、長伝、乙松ら四人の者は、次郎長の猛然たる勢いにへきえきし、暗闇にまぎれていずこともなく逃げ去った。

次郎長が四方を見やれば、金八がかけつけてきた。二人は顔を見合わせ、大口開けて笑った。地面に倒れた佐平と小富を巴川に投げ入れ、清水港へ帰る。投げ込まれた佐平と小富はほどなく蘇生《そせい》したという。そうとは知らぬ次郎長は、

「人を殺《あや》めたからには、我が家に安閑《あんかん》としていられない」

と、実父の雲不見《くもみず》三右衛門方の土蔵のなかに潜んで、金八とともに傷の療養につとめ、二カ月あまりで全快した。そこで我が家に戻り、ひとり心に思い、

「今や、この身は罪ある身となった。ここに長くいるわけにはいくめえ。これ幸いに、これから他国へ走り、任侠を売る人々の挙動《ふるまい》を見て置きたいものじゃ」

と決心した。

3　清水港をあとに

清水港に甲田屋安五郎と呼ばれる者がいた。安五郎の妻は雲不見《くもみず》の娘で、次郎長の姉である。ある日、次郎長は使いを立て、甲田屋夫婦を招き、美酒佳肴《びしゅかこう》でもてなした。その席で次郎長は、

「今日わざわざ招いたのはほかでもない。先ごろ北矢部の平吉方で開かれた賭場でもつれが生じ、退《ひ》くに退かれぬ立場となり、血気にはやる思いから、ついに敵手《あいて》を二人ほど、巴河原に殺害《あやめ》てしまったため、もはや明るみには居られぬ身となった。

今にも、御用の声を聞けば、娑婆《しゃば》との別れをせねばならない。されば、ひとまずこの地を立ち去り、身の安穏《あんのん》を謀りしうえに、時節を待ってまたふたたび帰りくる日もあるかも知れないが、今日は、ここを去るに臨み、我が家の田地《でんち》や財産をゆだねる人は他にはない。ついては姉御《あねご》と義兄《あにき》へ今改めて進上いたしたい。なにとぞ御受納下されたし」

と述べた。しかし夫婦は、

「いかにも人の噂によって巴河原の出入りも聞き、影ながらそなたの身の上を深く案じていた。今の話を聞き、いささか安堵《あんど》はしたものの、このごろは、そなたの挙動《ふるまい》を親類縁者の誰もが爪弾《つまはじ》きしている。しかれば、そなたの財産を譲り受けるのはかたじけないが、後日の祟《たた》りを思いやれば、我らとしても恐ろしい思いだ」

と断りの言葉を告げる。次郎長はひとり溜息《ためいき》をつき、

「さほどに我が身は忌《い》み嫌われているのか。ああ、それとても我が罪なり。どうし

て他人を怨《うら》むことがあろうか、身から出た錆《さび》だ」

と嘆息した。

「さりながら、義兄《あにき》たちも聞いてくれ。我とても、今は早や二三歳。かりそめにも近郷《きんごう》に男と呼ばれ、一家の主《あるじ》にあるものだ。ひとたび人に贈りし物を後日になって、返してくれなどの気を起こすことがあろうか。ましてや兄弟の間柄なのだから」

と心をこめて説得したので夫婦も次郎長の心を察し、承諾した。次郎長は大いによろこび、田宅余財を安五郎に譲り渡した。さらに古い証文数百通を取り出し、

「金高三千両余のこの証文は、先祖からのものだけれども、我が身がこの地を去るのであるから、持っていても甲斐《かい》なき証文なれば、皆ことごとく焼き捨てよう」

と、火の中に投じた。たちまち一朶《いちだ》（ひとかたまり）の煙となった。のちにこれを伝え聞いた遠近《おんごん》の人は口を揃えて、

「次郎長の度量には、ほとほと感服した」

とほめた。

次郎長は妻を実家に帰し、ひとりで清水を立ち去ろうとした。折りから、これを伝え聞いて、江尻の博徒《ばくと》熊五郎（のちの大熊）と庵原《あはら》の広吉が訪ねてきて、

「一緒に行きたい」

と懇願《こんがん》した。次郎長もよろこび、ついに三人が連れ立って清水港を出発。府中の金八は鞠子《まりこ》宿まで三人を送り、涙をふいて別れた。

こうして三人は上方《かみがた》をめざして、急がぬ旅をたどり、藤川宿に至り、万尾《よろずお》という旅籠屋《はたごや》に泊まった。このとき、三人の懐中には旅籠の宿泊代もなかった。三人は膝《ひざ》を合わせ、

「どうしようか」

と相談した。次郎長が、

「これまで俺は、旅をする遊侠に恵んでやったことは多いが、恵みを受けるのは初

めてだ。どういう風にすればよいか分からぬが、ともかく、宿《しゅく》の部屋（街道の宿駅で常備の人足などを集めている所）へ行き、無心《むしん》を言ってみてはどうだろうか」

と言えば、二人もうなずき、協議はまとまった。けれども、三人が三人とも、俺が行くとは言わない。そこで次郎長は大熊を連れ、広吉を残して宿の部屋へ赴いた。

4　今天狗の治助

次郎長は藤川宿の人足部屋に行き、礼を厚くし言葉を尽くして、難儀の状況を述べ、宿賃を恵んでいただきたい旨を申し入れた。やがて両人は奥の間で部屋頭と面会したが、はからずもこの部屋頭の権蔵《ごんぞう》は、かつて次郎長の家にも来たことがあり、亡父次郎八とは相知る仲であった。

権蔵は奇遇をよろこび、次郎長はよもやまの話を打ち明け、

「これより上方へ行くところだけれども、どこの誰を頼るべきかわからないので、誰か関西に並ぶものなき親分で、我らが身を寄せるに良い人があれば、教えてくだされ」

とねんごろに尋ねた。

権蔵はしばしの間、沈思黙考して頭を上げると、

「吉良《きら》に小川武一《ぶいち》という親分がいる。元は備前の浪士にして大胆、剛気の気性で、撃剣の腕にすぐれ、子分も夥多《あまた》いて、その名は近隣に轟《とどろ》いている」

と言う。次郎長は膝を打ち、

「ならば、まず、吉良に行ってみましょう」

と、権蔵に若干の金を受けて旅籠に帰った。委細《いさい》を広吉に語り、三人は吉良行きをきめた。

藤川より岡崎へ出て、路《みち》を転じて西尾に着いた。とある一軒の茶店で休んだとき、

次郎長は吉良の武一の履歴をたずねた。亭主は、

「いかにも吉良の親分はこのあたりきっての豪侠《ききもの》です。だけど、大酒飲みのくせがあり、たびたび乱暴をはたらくので、今では優《すぐ》れた子分ははなはだ少ない。まず、それよりも寺津の宿に今天狗《いまてんぐ》と呼ばれる親分がいます」

「今天狗？」

「相撲の六角山の倅《せがれ》で、久しく江戸に居たが、近ごろ寺津に帰ってきて、今ではその名が四方に鳴りひびき、子分も多い。吉良の武一も寺津に往来して兄弟分になっています」

と教えてくれた。大熊は亭主に、

「して、その今天狗という男の年はいくつぐらいかね。また顔容《かおかたち》を知っているかい」

と質問した。亭主はうなずきながら、

「いつもこの近辺を通るので、よく見覚えています。年のころは三二、三。色青白

く、鼻高く、身の丈《たけ》は尋常《ひとなみ》を越え、額《ひたい》に十文字の刀疵《かたなきず》があります」

と。これを聞いて大熊は次郎長に向かって、

「年ごろといい、額の刀疵《かたなきず》といい、もしや先年、兄貴の家で遊んでいた治助じゃありませんかね」

と言えば、次郎長も膝を打ち、

「たしかに、治助の故郷は〝万歳《まんざい》〟の出る所と聞いたな。そうかも知れねえ。まず訪ねて確かめてみるか」

となり、三人して路を寺津に急いだ。

とある家の前で、その家の主人に今天狗の住居を問うと、主人は三人の風体《ふうてい》を眺め、

「いずれから来られましたか。親分の方には私どもより早々に申し入れますので、まずはこちらへ、どうぞ」

と招き入れられ、

「まずはご姓名を」

と言われた三人はよろこび、次郎長を先頭にその家に足を入れた。家の中の様子を見回すと、壁に十手、捕縄などがいかめしく懸けてある。思わず三人は顔を見合わせ、愕然《がくぜん》となった。

5　二人の侠客の名声

次郎長たちが足を止めた家は、番太《ばんた》と呼ばれ、町村に召し抱えられて火の番や盗人の番に当たるものの家。脛《すね》に疵《きず》を持つ三人は驚き、どうしたものかと躊躇《ちゅうちょ》したが、大胆不敵な次郎長はすばやく心を定め、主《あるじ》の清蔵に、

「お手数ながら、取り次いでもらいましょうか。儂《わし》は清水港の次郎長といい、これ

は江尻の熊五郎と庵原《あはら》の広吉というもの。よしなに、親分にお伝え下さい」

と頼めば、清蔵は心得顔に三人を家に残して、今天狗の元へ走る。仔細を聞いて今天狗は驚き、

「清水の長五郎は大恩人、すぐさまここに迎え入れねば」

と、取るものも取りあえず、子分六、七人を連れて清蔵の家へ急行した。顔を合わせると次郎長たちは、

「やっぱり、治助だ」

と安堵し、互いに一別以来の無事を祝した。今天狗の治助は次郎長に、

「兄貴たちはいずれへ行かれる予定か。もしも急がぬ旅であれば、しばらく我が家に足をとどめ、ゆっくりとくつろがれたらいい」

という。次郎長は部屋の周囲を見回し、

「されば、そのことだが、この家で言うのは憚《はばか》りがあるけれども、先に名も名乗っ

たわけで、包み隠しても詮ないことだろう。実は、先ごろ清水にあって、少しばかりの出入りを起こし、巴川原で喧嘩となった。敵手《あいて》の奴を二人ほど殺害《あやめ》た罪のある身となり、家財田地を縁者に譲り、幸いにも二人の兄貴たちと清水を出て、途中の藤川宿で権蔵《ごんぞう》に面会し、吉良の武一《ぶいち》の名を聞いた。そこで、ともあれ武一を訪ねようと来る道すがら、思いもよらず、兄貴の全盛を聞き、わざわざ訪ねたわけよ」

と告げれば、今天狗は膝を打って感じ入り、

「近ごろ、子分どもの噂に、北矢部の賭場で俠客と素人の出入りが起き、ついに俠客の五、六人が巴河原で殺害《あやめ》られたという。相手は清水の人とばかりで、名前が伝えられねば心の中で、もしやと思った儂《わし》の勘。やっぱり次郎長の兄貴であったか。

されば、治助も男一匹、かならずお世話いたしましょう。少しの遠慮もいりません」

とねんごろに語り、早々に三人を我が家に案内し、客分として厚く待遇《もてな》した。

そのうちに、噂を聞いて吉良の武一も治助の家に訪ね来たり、次郎長らと深く交わり、三人もまた武一のもとへ往来した。次郎長は大熊と広吉を今天狗のもとにとどめ、ひとり武一の門に入り、昼は武一に撃剣を学び、夜は遠近の賭場を見回り、弱きを扶《たす》け強きをくじく、すなわち、義を取り仁を行う挙動《ふるまい》をしたので、次郎長の名はたちまち上がった。武一と治助の子分たちも、

「兄貴、兄貴」

と尊敬した。大熊と広吉もまた次郎長に劣らぬほどの名をあげたが、わけあって広吉は故郷に帰り、次郎長は今天狗と武一の客分といわれた。武一とともに今天狗の侠名は遠近に鳴りひびいた。

四　無頼《ぶらい》に生きる

1　妓楼小島屋での鳶《とんび》踊り

あるとき、次郎長は寺津の今天狗方から江尻府中のあたりに足をのばし、秘かに様子をうかがっていた。というのも先年巴河原で打ち殺したと思い込んでいた、博徒武五郎の子分小富と佐平の両人が、のちに蘇生《そせい》して生きていると聞いたからだ。

昔、平家の大軍が富士川に宿陣したとき、

「水鳥《みずとり》の羽音《はおと》を聞いて恐れ、京都へ引き揚げた」

と物の本にあるのを見て、平家の武将たちの臆病を笑ったものだが、我とても二人を殺したと思い込み、家を棄てて清水港を離れたわけで、思わず苦笑《にがわら》いせずにはいられなかったのだ。

我が身に殺人の罪がないことを知ると、気も軽くなり日夜賭場を渡り歩いているが、このごろはことのほか運が悪く、終始負けがこんで一銭の資金もなくなっていた。そんな折りに、同じ負け仲間の鰍徳《かじかとく》、大文、馬鹿仙、新吉らがたずねてきた。

次郎長は彼らを連れて、江尻の妓楼小島屋へ登楼した。いつも金払いの良い次郎長を知っている遣手婆《やりてばば》も若い衆も多勢で出迎え、二階の広間でいつもの通り酒肴《さけさかな》を並べ、それぞれ敵方《あいかた》の娼妓が出てきて、若者を招いて唄い興じた。宴もたけなわとなってきたとき、次郎長は鰍徳に、

「そろそろ兄貴の鳶《とんび》踊りが見たいもんだ」

と言うと、一座の娼妓も芸者衆も口をそろえて、

「踊って！」

とはやしたてる。鰍徳は、やおら立って、

「じゃあ、鳶《とんび》踊りをやるとするか。だが鳶の羽根がない。鳶の羽根には女郎の打掛《うちかけ》が最適なんだ。誰か一枚貸してくれぬか」

と言う。すかさず鰍徳の敵方《あいかた》のお北が打掛けを脱ぎ、鰍徳に渡す。次郎長が唄うにつれて面白く踊り、やがて鳶が羽ばたく真似をして楼の上下階を舞い回る。あまりの面白さに他の客人まで、席を離れて見学するありさまであった。

一回りしたあと、座に帰ると鰍徳は、

「鳶踊りも一枚の羽根では面白さも半減、数十枚を身にまとえば、さらにすばらしいものを」

と酒を飲みつつ言い放った。それを合図に数名の娼妓は争って打掛けを脱ぎ、鰍徳に投げ与えた。鰍徳は全てを着込み、楼上から楼下まで絶妙の踊りでめぐり歩き、門の

外へ駆け出したと思ったら、ヒラリと舞い戻り、

「羽根は綺麗になったが、鳶の頭の飾りがない!」

と言った。すると一人の娼妓が頭の簪《かんざし》を抜いた。居並ぶ芸者衆も娼妓たちも、種々の簪を抜いては鰍徳の頭に挿した。宴席一同の手拍手足拍手と唄声にはやされ、妓楼小島屋をくまなく踊り回り、ヒラリと庭へ飛び降りると、羽根を伸ばして門を出て、江尻より府中まで異形のまま駆けつづけた。

宴席に取り残された次郎長たちは笑い興じ、

「鳶飛《とんび》んで天に至るか、鰍徳を追い、連れ戻さなければ、いずこへ行ってしまうかわからない」

と叫んで立ち上がり、急いで門を飛び出し、府中を目指した。

鰍徳は簪《かんざし》と打掛《うちか》けを質屋に持ち込み、六〇両を握ると、次郎長たちとよろこび勇んで賭場へ向かった。けれど悪銭身につかずの諺通り、一夜にして皆負け、鰍徳はの

ちに小島屋へ謝書《わびしょ》を書き、その末尾に、

鳶《とび》飛んで　天てこ舞いも　目がそれて

今は羽根《つばさ》の　かえしようもなし

と詫びた。さすれば大いに怒り罵《ののし》っていた芸娼妓らも、笑いの種にしてくれた。

2　喧嘩の仲裁と裸の旅

次郎長が府中で遊んでいたある日のこと、江尻の博徒弁慶の重蔵が尋ねてきて、

「兄貴、まだ江尻の騒ぎを聞いていませんか」

と言って、甲州の親分津牟幾《つむき》の文吉が子分三〇人余を引き連れて沖津に来て、今夜は庵原川《いはらがわ》をはさんで、和田島の太左衛門と達引《たてびき》（義理を立て合い、張り合うこと）をするとの情報を語る。聞くより早く、

「太左衛門は我が叔父。聞き捨てならぬ一大事だ」

と、ただちに和田島にかけつけ、出入りの理由を尋ねると、太左衛門は、

「かの文吉はわしと兄弟の義を結んだ仲。このごろどういう了見なのか、たびたび訳のわからぬ喧嘩をしかけてくるのだ」

と言う。次郎長は思案し、

「叔父御《おじご》よ、しばらく待て。甲州で飛ぶ鳥を落とす津牟幾《つむき》の文吉だ。筋の通らない出入りはするはずがない。おれも一、二度会ったことがある。独りで行って確かめてくる」

と、竹槍《たけやり》一本を持ち、庵原川原の文吉の陣を訪ね、文吉親分と直談判して、文吉の義弟分《おとうとぶん》の三馬政《さんばまさ》の企《たくら》みであることが判明。三馬政を問い詰めるが逃げられ、府中代官所へ駆け込まれ、和田島一家のあることないことを密告されてしまう。

筋の通らぬ喧嘩を寸前で仲裁し、次郎長の名はあがった。しかし、府中の代官所か

ら役人が出向いてくるとの報せに、太左衛門も次郎長も姿を隠さねばならなくなった。次郎長は和田島の子分虎三と直吉、千代松の三人を連れて、箱根をめざして逃げた。箱根で数ヵ月身をひそめたあと、小田原へ下り、長脇差の佐太郎を訪ねた。

このとき佐太郎は負けがこみ、その貧窮ぶりを見るに忍びず、次郎長は幾《いく》ばくかの金を貸し与えた。佐太郎はよろこび、

「この資《もとで》で今一張り、きっと勝どきをあげてこよう」

と賭場に向かったが勝てず、すごすごと帰ってきた。

時は六月の炎暑のころ。次郎長たち四人は奥の一間《ひとま》で帯を解き、衣を脱いで熟睡していた。佐太郎は四人の帯と衣を持ち出し、質に入れ、若干の金を握ると、起死回生を願ってまたまた賭場に出向いた。

翌朝、次郎長たちが起きてみると着るものがない。佐太郎の妻にたずねてもわからず、

「さては盗人《ぬすっと》の所業《しわざ》か」

と言いあっていると、しょんぼりと佐太郎が帰宅し、前夜の次第を白状した。次郎長は怒り、かつ嘆き、佐太郎に、

「勝負は時の運なれど、わずかの金を負けたからといって、そこまであわてることもないだろうに。なにゆえ、他《ひと》の衣帯《きもの》まで盗んで、自《みずか》らの名を汚したのだ」

と言っても詮ない話。四人は、

「ではしかたがない。出発して、武州高萩の万次郎兄貴のもとに行こう」

と決めたとき、佐太郎は恥じ入り、髪を剃り坊主となり、罪を詫びた。次郎長たち四人は下帯《したおび》一つの裸のまま小田原を出立。途中の路傍の茶店で、主《あるじ》に出まかせの嘘を言って、なんとか古着一枚を買い求め、代わる代わる着て、ようやく高萩の宿に着いた。

「裸で旅籠《はたご》へ泊まるのは、いかにも体裁《ていさい》が悪い」

と躊躇《ちゅうちょ》したが、次郎長が一策を思いつき、まず一人で宿に入り、

「連れは三人」

と言って二階へ案内させた。そのあとでわざと、

「今日の暑さは格別だ」

と言いつつ、衣帯《きもの》を脱ぎ、折りを見て、外に投げ下ろした。三人は次々に一枚の着物をまわし着して一泊できた。

3　末広屋の賭場で捕まる

朝早くから旅籠《はたご》の女中は朝餉《あさげ》の支度《したく》をして飯と汁を調えて、次郎長たちの座敷へ運んで、

「お客さんたち、さあ、召し上がれ」

と勧めた。四人は布団から出ようともせず、

「うんうん、わかった」

と滑稽《こっけい》にも頷《うなず》くばかりだった。褌《ふんどし》一枚なので布団から出るに出られないでいた。女中はその格好を察し、笑いをこらえながら座敷から下がると、旅籠の主人に座敷の様子を知らせた。

女中の話を聞いた主人は口を押さえながら二階へのぼり、障子の隙間から部屋をのぞくと、女中の言う通り四人は褌《ふんどし》一枚で辰時《たつどき》（今の午前八時ころ）だというのに布団にくるまっていた。いつまでもそうさせておくこともできないので、主人は襖《ふすま》越しに声をかけた。しかし、その格好では誰一人返答するものはなく、四人は顔を見合わせてしまった。すると次郎長が一枚の単衣《ひとえ》を身にまとい、主人の挨拶に丁寧に答えた。

さらにつづけて、

「ご主人へ折り入って頼みたいことがある。実は私ども四人は宿帳へ記した通り、

駿州《すんしゅう》清水からはるばる当地の万次郎親分を訪ねて来た。その途中で盗賊に遭って、この三人は身ぐるみ剝《は》がされてしまったのだ。

このままの格好では親分へのお目通りもかなわない。申し上げにくいことではあるが三枚の単衣《ひとえもの》をしばらく貸していただけないだろうか」

と述べる。次郎長のことばに驚いた主人は、

「それは大変な目にあわれましたね。じつはその万次郎親分は私の親類なのです。さっそく連絡させましょう」

といって女中を呼んで単衣を三枚用意させ、使いを万次郎方へ出した。

万次郎の家には次郎長の兄弟分の清五郎がいて、次郎長の到着を伝え聞くと派手やかな単衣を携えて迎えに行った。

清五郎が次郎長を伴《ともな》って万次郎の家へ戻ると、客人として手厚くもてなされた。

親分の万次郎が次郎長に一目置いているのを見てとった子分たちは、次郎長を、

「兄貴、兄貴」

と呼んで敬《うやま》い、いろいろな賭場へ誘った。行く先々の賭場で次郎長はその名を響かせ、次郎長の名声はますます高まった。

三州吉良《きら》の小川武一方では、このごろ武州高萩の万次郎方に次郎長がいるという噂を聞きつけ、ひそかに子分のものを遣わして、

「関東というところは愉快なところではございますが、人情が薄い場所で、長く滞在することはできないでしょう。まずはこちらへ戻ってくださいませんか」

と次郎長を誘った。最初は断っていた次郎長も、二、三度と使いを出されたのでその申し出を受け入れ、一人で万次郎方を出発して三河へ向かった。

その年（弘化二年〔一八四五〕）の暮れ、年忘れの宴会を開こうと武一たちは御油《ごゆ》駅にある末広屋で、寺津の今天狗の子分たちと一大賭場を開いた。ところが賭場の開催を密告する者がいて、末広屋へ到着した捕り手たちによって、武一をはじめ次郎長まで

も逃げる間もなく捕らえられ、赤坂の牢獄へ送られた。

4　赤坂宿で杖一〇〇回の刑

世は封建時代、いずれの地の獄中にも残忍で過酷な掟《おきて》があった。

罪人のうち、人殺しや強盗などの重罪を犯し、罪人の中でも恐れられ首座となったものを牢名主《ろうなぬし》と呼ぶ。その次の座にある者を隅の隠居といい、その下に一番役、二番役とつづいていく。獄中では牢名主の許しがなければ雑談することもできなかった。

武一、次郎長、利吉をはじめ末広屋の主人たちは賭博《とばく》の罪で赤坂の牢獄に入れられた。当時の牢名主は強盗犯の倉蔵だった。新入りの次郎長たちに対して二番役が牢法を言い渡し、次にそれぞれの所持金を調べた。次郎長たちは虚を衝《つ》かれて賭場に踏み込まれたので、少しの金も持っていなかった。倉蔵は腹を立て、

「おもしろくない奴らだ。おい、こいつらに踊りでもさせろ」

と左右の者に怒鳴った。日ごろから気の早い次郎長は黙っていられなくなり、

「お前たちの目は節穴か。ここは地獄の一丁目と聞くからには、娑婆《しゃば》のことは知らないだろうが、ここへ来た親分は駿遠参《しゅんとうさん》の三国に比肩なき吉良《きら》の武一と呼ばれる俠客。そしてこの俺は東海道中に顔を知られた清水の次郎長だ。

少しでも丁重にもてなしたら勘弁してやろうと思ったが、お前たちの言うがままにされる俺らではないわ」

と怒鳴り散らした。つづけて次郎長は、驚いて呆然とする倉蔵に向かって、

「そこにいる牢名主とやら、畳から降りて挨拶しろ！」

と叫んだ。我にかえった倉蔵は怒って、

「生意気な小僧めっ。野郎ども、のしちまえ！」

と言い終わるや否や、子分と一緒に次郎長たちに殴りかかった。

友蔵の子分たちはまず次郎長に撃ってかかったが、武一は腕に覚えのある柔術で、次郎長の横から一歩前へ出て、飛びかかってくる者を容赦なく打ちすえ、蹴倒し、踏みにじり、容易には側へ寄せつけなかった。

一方の次郎長は倉蔵に摑みかかり、上になり下になったが血気盛んな若者の次郎長に、永年の牢屋暮らしの倉蔵がかなうはずもなく、ついに倉蔵は次郎長に組み敷かれて喉を締めつけられ、鉄のような拳を眉間に受けて悶絶《もんぜつ》し、息も絶え絶えに、

「参りました。親分さんたちを知らなかった私が悪うございました。命だけは助けてください」

と謝罪した。それを聞いた次郎長は手をゆるめ、倉蔵に命じて数枚重ねてあった畳を床の間に敷き直させると、武一を上座《かみざ》に置き、自分は次の座に落ち着いた。

それから後は、牢内への差し入れ物などがあるときは皆で平等に分配した。この次郎長の行いに罪人たちは感服し、尊敬のまなざしで見つめた。

次郎長たちは空しい獄中生活を半年間つづけた。翌年の夏、はじめて採決があり、武一は追放、次郎長と利吉および末広屋の主人は杖一〇〇回と言い渡された。やがて次郎長たちが刑場に引き出されると、

「次郎長たちが処刑される」

と聞きつけた土地の人々が大勢見物に来た。

まず末広屋の主人、次に武一の子分利吉が杖を受けて叫ぶ姿を見て、見物人たちはひそかに笑っていた。そして次郎長も前の二人と同じく、その痛みに耐えかねて叫ぶだろうと思っていると、杖が一〇〇回に達しても声を出すことなく、苦笑《にがわら》いさえ浮かべて起きあがり、自分の着物をまとって颯爽《さっそう》と刑場を去ろうとした。

刑場の群衆は次郎長の剛胆さに喝采した。これを見た検視は、

「次郎長にとっては杖一〇〇回は軽いようだ。もう一〇〇回打て」

と命じ、次郎長は最初と同じようにひと声も出さずにもう一〇〇回の杖を受けた。次

郎長のたくましさに、ついには検視も舌を巻いて恐れ入った。

5　大野宿の格闘

罰を受けたのち、次郎長たちは吉良寺津の今天狗の治助の迎えを受けて赤坂を去り、いったん吉良へ戻った。次郎長はその後しばらく身を潜《ひそ》め、賭場に顔を出さず、医師にかかって牢獄中の疲れを癒《いや》した。

そんなある日、たまたま治助を訪ねようと一人で寺津へ向かう途中の赤坂宿で、探偵吏八百蔵が道の向こうから歩いてくるのに気づいた。この八百蔵が末広屋の賭場を密告した張本人であると聞いていた次郎長は、腸《はらわた》が煮えくりかえるのを押さえながら素知らぬふりをして近づいた。

互いに顔を見合わせたところで次郎長は不意に丁寧なお辞儀をした。末広屋の件で後ろめたさを感じていた八百蔵はことさらに丁寧なお辞儀をした。八百蔵が頭を下げたとき、次郎長はその襟首をむんずと捉えた。

「人面獣心《じんめんじゅうしん》の恥知らずめ。御油《ごゆ》の返報はこの通りさせてもらおう」

と拳を固めて振り下ろした。八百蔵は土のような顔色になり、ただただ、

「ひいいっ」

と恐怖の声をあげた。その様子を見た次郎長は、

「これだけでは赤坂への土産にはなるまい。俺が一生涯に残る土産をやろう」

と言って笑い、八百蔵を引き寄せ両脇の髪の毛を引きむしった。さらには、ほとばしり出る血潮の上から、足下の土を手に取り塗り込めた。

八百蔵はその痛みと恐怖から、

「命ばかりはお助け下さい」

と懇願し逃げ出そうとするのを、次郎長は気にもせず寺津へ行った。

　次郎長が尾張に行ったとき、大野で賭博があると聞いて一人で大野へ出かけた。噂通り、大野では近郷の遊び人たちが莫蓙《ござ》をひろげていたので、次郎長もその座へ加わった。半日ほど勝負すると、その日はよほど気運がよく三千両ほど勝った。

　その賭場に、尾州の八尾ヶ嶽の宗七と呼ばれる相撲取がいた。宗七も次郎長と同じ賭場にいて、散々に負け続け、着る物をはじめ日々まとっている化粧まわしすら質に入れていた。次郎長は以前から宗七と親しかったので、この窮したありさまを見て放っておけず、今日勝った三千両あまりをすべて宗七に貸し与えた。

　賭場を出た次郎長と宗七は近くの小料理屋へ立ち寄り食事をした。両人が腹を満たしていると、先ほどの賭場の佐源太の子分の秀五郎、竹五郎、松次郎、由太郎ががやがやと次郎長たちの机を囲んだ。そして口々に、

「次郎長の兄貴。今日は一人で大勝ちをしたそうじゃありませんか」

「その噂を聞いて、俺たちは勝った金を借りに来たんです」

「一文も残らず、貸しておくんなさい」

と、へらへらと笑いながら次郎長を嘲るかのような口ぶり。次郎長は頭を上げ、箸と茶碗を静かに置き、

「わざわざあんた達が来てくれても、僅《わず》かばかりの今日の勝ち金は、すべて八尾ヶ嶽に貸し与えた。もうここには一文もない」

と断るそばから、秀五郎が笑い出し、

「清水の次郎長とも呼ばれる大親分が、まさか一文も持たねえことはあるまい。そんなに金が惜しければ金は借りなくてよいが、そのインチキな手を借りたいもんだ」

と。次郎長は怒りを露《あら》わにして、

「お前らもおかしなことを言うものだ。この次郎長の手が欲しいというなら力ずくで持って行けばよい。べらべらとうるさい奴らだ」

と嘲《あざけ》り笑いを浮かべると、秀五郎は返事もせずにさっと一刀を抜いて斬りかかった。

これを合図に、ほかの子分も一斉に刀を抜いた。

次郎長は刀をかわすと、壁を背にして匕首《あいくち》を右手に煙草盆を左手にかまえ、火入れを子分たちへ投げつけた。

6　妙鏡寺の次郎長杉

火入れの灰を投げつけて、一寸先も見えない中から次郎長は、灰で視界を遮《さえぎ》られ、うろたえる竹五郎の刀を奪い取り、激しく打ち倒した。ここまでは手を出さずに酒を飲んでいた八尾ケ嶽の宗七も次郎長に加勢し、大手を広げて秀五郎たちにつかみかかった。その勢いに圧倒され、四人の子分たちは我先にと逃げ出してしまった。

秀五郎たちが騒ぎを起こし逃げ出したことを聞いた賭場の佐源太は、次郎長の英気を讃え、子分たちの軽率な行動に怒り、親分子分の縁を断ってしまった。

一方の次郎長は八尾ヶ嶽を伴って伊勢を訪れ、四日市の三九郎親分のもとへ身を寄せた。当地でしばらく遊んでいたが、ある日三九郎の誘いで桑名へ遊びに行くことになった。次郎長と三九郎は別々の駕籠に乗り、四日市を出発し一里ほど進んだところで、道の側の藪陰《やぶかげ》から捕り手があらわれた。それぞれの駕籠を取り囲み、

「御用だ、御用だ」

と呼びかける。辺りの異変に気づいた次郎長はすぐに駕籠から飛び出し、左右から迫ってくる捕り手を投げ飛ばした。

一息つく間もなく、また捕り手が四、五人取り囲み、十手を振って打ちかかってくる。次郎長は駕籠の棒を引き抜き、縦横無尽に振り回して何人《なんびと》たりとも近づけなかった。こうして次郎長が応戦しているうちに、三九郎は大勢の捕り手の前に追いつめられ、ついには縄をかけられてしまった。次郎長は三九郎を助けることができず無念だ

ったが、自分の身一つで逃げるのがやっとだった。

捕り手の追跡を逃れた次郎長は古市に身を潜め、妓楼のあぶら屋で遊んでいた。そのとき、三州寺津の今天狗方の客分の大熊たちが、たまたま古市に来ていた。次郎長が古市に滞在していると知った大熊たちは、次郎長のもとを訪れ、

「すぐに駿河に帰りましょう」

と勧めた。次郎長はこの勧めに応じて大熊たちと一緒に駿河に帰り、故郷の清水港に居を構えた。ここで落ち着くと江尻の娘（実は大熊の妹）を嫁とし、穏やかに暮らした。

半年ほどが過ぎると、次郎長の名は遠近に知られるようになり、次郎長のもとを訪れる人があとを絶たなかった。そのために次郎長の家は門前市をなすほどの活気で、客をもてなすために一日に何度も米を炊き、酒を用意したので、家の財産といえば数十口の刀剣のみというありさまだった。

だから夏を迎えて蚊帳《かや》を出そうとしたが、わずかに一、二張りしかなかった。これ

では数十人の子分を快く寝かせられないので、次郎長は子分たちに、

「毎夕、妙鏡寺に行って杉の葉を切ってこい」

と命じた。子分たちが杉の古木の小枝を切って持ち帰ると、次郎長はこれを火に入れ、一晩中蚊遣《かや》りの煙を絶《た》やさなかったので、家にいる者は蚊にさされることなく安眠できた。このように次郎長は子分を公平に扱ったので、一家の親睦はますます深まった。

こうして一夏のあいだ妙鏡寺の杉の枝を毎日切って燻《く》べたので、杉の枝は禿《はげ》てしまった。そして誰が言うともなく「次郎長杉」と呼ぶようになった。

五　次郎長の妻おちょうの病死

1　八尾ヶ嶽久六の改名

嘉永三年（一八五〇）の春、かつて次郎長と伊勢の四日市で別れた八尾ヶ嶽の宗七はようやくその名を売り、ある時、賭場の間違いで一ノ宮の久左衛門という親分と揉め事をおこした。次郎長に助けを求め、八万騎の力蔵、畝比山の清蔵、柏木の石松、富士嵐の熊五郎、三国岩の仲蔵、一の浜の浜五郎、男山の牛之助、黒岩の鉄五郎、木曾川の粂三などという相撲取を伴って来た。次郎長は宗七たちを丁寧にもてなし滞在させ、ひそかに一ノ宮の久左衛門の様子も探らせると、まだ喧嘩をするには早いと判断し、宗七たちを上州館林の虎五郎方へ頼んだ。このとき八尾ヶ嶽の宗七は久六と改名した。

その後、八尾ヶ嶽の久六は上州館林から尾州名古屋に帰り、みずから一つの門戸を張って名をあげると、やがて四、五〇人の子分を持つようになった。

安政二年（一八五五）の一一月頃、一ノ宮の久左衛門が名古屋に襲ってくるという知らせを聞いた久六は、あわてて駿州清水港の次郎長方へ使いを出して加勢を求めた。弱きを助ける侠気を持つ次郎長は快くこれを受けた。そして数ある子分のなかから、政五郎（綽名《あだな》＝大政）、常吉（綽名＝相撲常）、鶴吉、力蔵など一騎当千の者たちを選び、次郎長自らこれを率いて急いで名古屋に向かった。

幸いにも次郎長が到着する前夜、ある人物の仲裁で双方の和解が成立した。ひとまず安心と、ほっとした次郎長はそのまま久六のところで年を越し、年が明けた安政三年の正月、駿河へ帰ろうと名古屋を出発した。

　時を同じくして、豆州《ずしゅう》（伊豆国の別称）の長脇差赤鬼の金平が子分の金五郎、安太郎とともに遠州秋葉山に参詣の途中で、八州取締の下役に出会い斬り殺してしまった。そのため、東海道の宿場は金平たちを探すために、ことのほか厳重な取り締まりが行われていた。

　そんなこととは夢にも知らない次郎長たちは、池鯉鮒《ちりゅう》の宿を出発してもうすぐ岡崎に着こうかというところ、前方から来る一群を見れば皆長脇差という格好。真っ先に相撲常が前に出て、

「あなたがたはどこからの道中ですか」

と挨拶すると、その一群はざわめきたって身構え、

「お前たちは金平の仲間だな、覚悟しろ！」

と刀を抜いて斬りかかろうと距離を詰めてくる。相撲常たちもこれに応戦しようと騒ぎはじめるのを次郎長は制して、向かってくる一群に、

「どういうわけでわれらの通行を妨げるのか。清水の次郎長ここにあり。邪魔立てするなら一人残らず斬りたおし、死骸の山を築いてくれるぞ！」

と叫んだ。次郎長の気勢に圧倒された一群は立ち止まって刀を納めると、

「御上意であるぞ！」

と叫び、懐中から十手を取り出した。そこで次郎長たちは捕り手だと気づき、ふたたび来た道を引き返した。捕り方も金平の仲間ではなく、清水の次郎長だとわかったので、執拗には追いかけずに数里ほどで追跡をやめた。

やがて次郎長たちは熱田に着くと、そこから船で伊勢に向かい、小幡の周太郎という俠客を頼った。その後、

「古市の妓楼丹波屋に、赤鬼の金平たちが潜んでいる」

という密告があって、ある夜、八州の捕り手数名が突然丹波屋へ踏み込んだ。このことを聞いた次郎長は先日のこともあって落ち着かなくなり、ふたたび側杖をくらわないようにと、小幡を立ち去り大和へ赴いた。

しかし、この方面でも役人たちの取り締まりが強化されていた。

安政五年の正月、荒井宿の部屋で土地の博徒数十人が、八尾ヶ嶽の久六の許可なく賭場を開いていた。そのことを誰かが八尾ヶ嶽の久六に告げると、久六の兄弟分たちの武蔵野の某《なにがし》をはじめ、雲風亀吉の弟下路常《しもじつね》、久六の子分磯吉たちは荒井宿へ駆けつけて賭場を襲って、大いに騒がせた。関所に詰めていた役人たちは、ただちにその場へ向かい取り締まったが、久六の兄弟分の下路常を捕らえるのがやっとだった。

下路常は島流しの刑が決まり、唐丸籠《とうまるかご》に乗せられて江戸へ送られると聞いた次郎長は、深くこれを哀れみ、その道筋に立って下路常が通るのを待ち構えた。

2　おちょうの病気

数日後、下路常が唐丸籠《とうまるかご》に乗せられて江尻を過ぎ、本陣に着くと、次郎長は警護の役人に多くの金を贈って、ひそかに面会を許された。

次郎長は唐丸籠の側へ寄って、

「常兄貴、とんだ目にあいましたな。お体の具合はどうです」

と問いかけると、小さな切り窓から顔を突き出した下路常は、

「誰かと思えば次郎長の大兄貴。よく訪ねてくださいました。かたじけないし面目ないこのありさま。意気地のない野郎だと笑ってください」

という力無い声。次郎長は片頬だけ笑み、

「だれが笑うものか。お主の姿をみれば、同じ仲間として人ごととは思えない。役

人へひそかに賄賂《わいろ》を送り、お主の腹の内を聞きに来た。

これから江戸へ送られればいつ帰れるかわからない。このまま娑婆へ戻れなければ、男として生まれた甲斐がないだろう。お主の心一つで、この次郎長が命をかけ、今夜の旅籠へ押しかけて、お主をさらって逃げる覚悟。異存はありますまいな」

と伝える。こう言われて下路常は止めどなく流れる涙を囚衣の袖で拭い、

「次郎長兄貴のいまのお言葉、この下路常の腸《はらわた》に沁《し》みわたりました。このまま死んでも何の恨みもございません。意気地なしの私を男一匹と思われて、この身に余る御親切。

しかしながら今夜の旅籠へ押しかけて、万が一兄貴に怪我でもあっては、恩を仇で返すも同然のこと。また、私の兄雲風からの知らせでは、江戸へ到着したら江戸の相撲に頼み込み、公儀へ嘆願すれば、たとえ島流しにされても長いことはないと聞きました。いまさら兄に心配をかけ、そのうえ次郎長の兄貴に間違いでもあったら、悔や

んでも悔やみ切れません。いまは辛抱して公儀のお慈悲を待ちます」

と言う。下路常の顔をつくづくと眺めた次郎長は、

「そう決心したのなら、無理にとは勧めない。あとでの後悔はするなよ」

と言いながら、あたりを見回して懐中から匕首《あいくち》を取り出してそっと籠へ差し入れた。

下路常は突然のことに驚いたが、申し訳なさそうに、

「せっかくのご親切を無にするようですが、いまも申した通り、しばらくのあいだの謹慎は覚悟しております。ともかくお返しします」

と匕首《あいくち》を差し戻した。次郎長はため息をついて、

「助ける価値もない腰抜けめ。勝手にしろ」

と言い放って、江尻から故郷の清水港へ帰った。


甲府の侠客に不動の祐典と呼ばれるものがいた。ある日のこと、次郎長と義兄弟分

の大熊の子分たちが、甲州円山前に賭場を開いていたとき、祐典は一夜盆を奪って喧嘩を起こした。そして大熊の子分の守太郎、八百留、六蔵の三人は祐典に殺されてしまった。大熊の子分たちは大いに怒り、復讐をしようと甲府へ押し寄せ、祐典の親分にあたる甲府の隠居を殺害した。

この件によって、両党の詮索が厳しくなり、

「甲州と駿州は特に注意が必要だ」

と聞いた次郎長は、大熊と縁故の関係にあるため、その余波を恐れて女房と子分を引き連れて夜中に清水港を発った。三州路から尾州へ出て、瀬戸の長脇差岡市方へ身を寄せた。そこへたまたま大和に残っていた大政、相撲常、鶴吉、千代吉らが次郎長の到着を聞きつけて訪ねてきた。ちょうど次郎長の女房が重い病に悩まされ、次郎長をはじめ子分たちまでも心を痛めていた。その様子をみた大政たちは、瀬戸から名古屋まで七里の道を朝夕通って、医師を迎えたり用を足したり奔走した。

3　名古屋でのおちょうの最期

八尾ケ嶽の久六は当時、尾州名古屋でその名を近隣に轟《とどろ》かし破竹の勢いを誇っていた。久六はこのごろ何かの事情で、次郎長一家が瀬戸の岡市方に滞留していると知りながら、ついに一度も訪ねなかった。

しびれを切らせた岡市は久六へ使いを送り、

「以前からお主と兄弟分である清水港の次郎長一家のものが、しばらく我方に滞留している。このごろ大姐《あねご》は大病を患い、次郎長兄貴をはじめ子分のものも心を痛めている。お主も知っている通り、蓄えが多くない次郎長の兄貴は窮地に陥っている。それなのに、お主は一度も訪ねてこない。これでは、日ごろのよしみを失うことになりますぞ」

と伝えた。しかし、久六はその後も次郎長を訪ねてくるようすはなく、次郎長の恨みを買った。

そのあいだにも、次郎長の女房の病は重くなり、看病のために片時もその側を離れるわけにはいかなくなった。そんなある日、名古屋の侠客で鯱《しゃち》魚の長兵衛というものから便りが届いた。

「大姐《あねご》の病がますます重くなっていると聞きました。治療は行っているでしょうが、瀬戸では何かと不自由なことが多いと存じます。わが家は汚くて狭いところですが、せめて病気が快癒するまでのあいだだけでも、滞留されてはいかがでしょう」

この便りに喜んだ次郎長は、一同と相談の上、名古屋へ移った。すぐに次郎長は久六の家に行って面会した。

「お主も今では近郷にその名を知られる侠客の一人なら、なぜこれまでのよしみを忘れて、俺の困窮を助けようともしないのだ。お主の薄い心への報いは、また別の機会に厚く挨拶するから、覚悟していろよ」

というと、久六はひと言も返せなかった。

その年の暮れも押し迫った晦日《みそか》、窮乏の一途を辿る次郎長一家ではあったが、その貧しさに屈することなく、次郎長は女房の看病に心を尽くした。しかし、おちょうは安政五年（一八五八）一二月三〇日の夜に短い生涯を閉じた。

鯱魚《しゃち》の長兵衛の厚意で、菩提寺である香華院から僧侶を招き、安政六年正月元日に埋葬した。遠近でこの訃報を聞いた名のある俠客たち数十名は、わざわざ弔いに来たり、子分を送ってきた。長兵衛の家は狭くてこれらの人々を泊まらせる部屋もなかった。弔問の人々は近隣の宿屋に泊まって、次郎長のところへ通ってくる。これをみた久六の子分たちはあわてて家へ帰って、久六親分に、

「次郎長はひそかに人を集めて、今宵か明日にも、ここへ押しかけてくるという噂があって、見に行ってみると、噂のとおり次郎長がいる近隣はごったがえしていまし

た」


　これを聞いた久六は驚き慌てたが、悪だくみの笑みを浮かべ、

「そっちがその気なら、こちらにも防御の一策がある」

と言うと、町方同心の家へ出向いた。そして言葉巧みに、

「近ごろ、駿州より当地に逃げ込んできた次郎長という破れ者がいます。最近、ひそかに党を集め、名古屋近郊を徘徊《はいかい》して強盗を働こうと企《くわだ》てているのを突きとめましたので、内々に御通知に参上しました。一刻も早くお縄にかけてください」

と告げた。かねてから恩のある次郎長に、舌の剣という仇で返す非道な行い。この密告を聞いた同心衆は奉行所へ事の次第を告げて、捕り方に向かった。


　そうとは知らない次郎長は、心が晴れることもなく、初七日のうちは毎日亡き妻の墓へ詣でて、自ら香華を手向《たむ》け仏事を営んだ。八日目の朝は、家の主人長兵衛が寺へ布施を持参することになっていた。しかし長兵衛の衣裳は汚れているので、次郎長が

自分の衣類と取り替えさせた。長兵衛は帰宅したのちも、次郎長の衣裳を着て子分たちと囲炉裏を囲んでいた。その時、長兵衛の家を取り囲んだ多くの人足が、

「御用だ、御用だ！」

と叫びながら、家の中へ踏み込んできた。

4　身代わり長兵衛の冤死《えんし》

あたりの騒々しさに驚いた長兵衛が奥の間へ入ると、襖の陰から七、八人の捕り手があらわれ、長兵衛を次郎長と思いこんで前後から組みかかって縄をかけた。

隣の部屋で様子を見ていた本物の次郎長は、襖越しに捕り方へ、

「目的の次郎長を捕らえて本望であろう。もし、こちらの部屋へ一歩でも踏み入れたら、容赦なく切り捨てるぞ」

と告げた。捕り手たちは、

「次郎長を召し捕った」

と喜んで引きあげていった。しかし、なかには、

「清水の次郎長ともあろうものが、こんなにも簡単にお縄につくだろうか」

と裏口で語り合う声がするので、一泡喰わせてやろうと次郎長は一刀を抜いて庭へ出て、

「さっさと退かねえか！　ぐずぐずしてると斬り放つぞっ」

と暴れて見せた。その勢いに驚いた役人は四方八方へ逃げ出した。次郎長は刀を鞘へ収めるとすぐに名古屋を発ち、一人で三州寺津の今天狗方へゆき、しばらく逗留することにした。

ところが、時を経ずして今天狗の治助は病に倒れ、鬼籍に入り、家督は倅《せがれ》の間之助に相続された。また、子分たちは次郎長を取締役に推すと、次郎長は積年の恩義から

進んでこれを引き受けた。次郎長は幼年の間之助を引き立てながら、相続の後始末などを丁寧に勤めた。

ある日のこと、名古屋の長兵衛の女房が子どもを連れ、寺津の次郎長を訪ねてきた。次郎長は自ら迎えに行き、一間に招いて厚くもてなし、先ごろの謝礼などを述べた。次郎長があいさつを終えても、長兵衛の女房はさめざめと泣くばかり。顔色は青く、髪は乱れ、涙をためた目は赤く腫《は》れていた。よほど自分のことを恨んでいるに違いないと思った次郎長は、

「長兵衛の兄貴にはとてもよくしていただいた。一日として感謝しない日はない。しかし、当地の治助兄貴の不幸があって、あれやこれやとしているうちに、思いのほか月日が経ってしまった。お詫びのしようもない。何か変わりがあったのか」

と優しく尋ねると、間もなく女房は涙を拭きつつ口を開いた。

「噂《うわさ》に聞いていることとは存じますが、先の日の一件はすべて久六の仕業《しわざ》です。兄

貴をはじめ夫までを『強盗である』と同心へ吹き込んだのです。運悪く夫は捕まり牢に入っていましたが、このほど病にかかり黄泉《よみ》の人となりました。久六のたくらみによって夫は殺されたも同然です。この恨みを晴らしていただきたく、足を運びました」

と声を震わせて語った。それを聞いた次郎長は驚きを隠せなかった。

「なに、長兵衛の兄貴が牢死されたとは知らなかった。といっても今日まで音沙汰《おとさた》もなく過ごしてきたのは私の誤りで、仏に合わす顔もない。

しかし、あの久六がどんな恨みがあって長兵衛の兄貴や俺に賊の汚名まで着せたのか。情けねえ。よし、こうなれば俺も清水の次郎長だ。義兄弟のために仇を返すと誓う」

と目に涙を浮かべ、腕をさすって立ち上がり、名古屋の方をキッと睨《にら》んだ。

六　金比羅参りと久六との確執

1　象頭山《ぞうずせん》の参詣

　大恩人の長兵衛が獄中で冤死《えんし》したと聞いた次郎長は、驚くとともに久六に対する怒りがこみあげてきた。長兵衛の無念の熱い涙を思い、その遺恨は骨髄に徹した。故人長兵衛の妻子を間之助方へ委託して厚く待遇した。

　ある日、次郎長は讃岐《さぬき》の象頭山金比羅宮《ぞうずせんことひらぐう》へ参詣しようと、子分のなかでも最も勇敢な者だけを旅の供に選んだ。その名をあげれば石松（先年上州で常五郎と呼ぶ長脇差と戦い、これを倒して次郎長方へ属した）、八五郎、大政、喜三郎、万平、万吉、平蔵など合計一一人。寺津を出発し尾州熱田を通行するとき、八五郎が名古屋の久六の子分で金次という者を捕まえ、次郎長の前に連れて行って厳しくこれを問いつめた。

金次は駆け出しの博徒で、次郎長の前ではまな板の上の鯉、自分の親分である久六の過日の密告の一部始終を余すことなく話して、一心に命乞《いのちご》いをした。これをみた次郎長はからからと笑いながら、

「いくら命が惜しいとはいえ、自分の親分の非を包み隠さずしゃべるような子分を養う久六も気の毒だな。さあ、行こう」

と立とうとする次郎長を、八五郎は引き止めた。

「こんな奴でも相手の片割れ、生かしておくのも邪魔なもの。首を引き抜いてはどうです」

という。次郎長は、

「生かしておけ。象頭山《ぞうずせん》への出発に殺生《せっしょう》するのは神霊への恐れ。許してやれ」

といって金次を放してやった。解放された金次は一目散に逃げていった。その後ろ姿を見て石松が、

「親分、ここから名古屋へは遠くありません。すぐに久六方へ向かって切り刻み、長兵衛兄貴の仇を報いましょう」

というと、ほかの子分たちも口々に賛同した。しかし次郎長は頭を振って、

「ついさっき金次を放して帰らせたばかり。久六の家には誰もいないだろう。事を急《せ》いてはし損じると言うぞ」

といって、子分たちの言葉に耳を貸さず悠々《ゆうゆう》と足を進めた。一二人で名古屋を過ぎて本街道を讃岐の象頭山金比羅宮へ参詣し、それから同じ道を帰って伊勢の古市で遊んだ。ある日、次郎長は子分を集めた。

「一二人で一度に名古屋へ押し寄せては公儀への憚《はばか》りもある。目的は久六の首一

つ。それだけのことにこんなにも大勢の力はいらないだろう。これからは別々に行動しよう。石松、八五郎、大政の三人は俺とここに残り名古屋へ向かう、そのほかの者は一度清水に帰れ。万が一、我ら四人が久六たちに討ち倒されたときには、すぐに名古屋へ押し出して、重なった仇《あだ》を返せ」

この次郎長の計画に万平たちは承知せず、

「親分はここに留まり、吉報を待っていてください。すぐに俺らが名古屋を襲って、久六の首という土産を持ってきますから」

と嘆願したが、次郎長はかたくなに承知しなかった。ついに折れた万平たちは古市をあとにした。次郎長は万平たちに、

「次郎長親分は病に伏している」

と道中で言いふらすように命じた。その噂に紛れて、次郎長と石松、八五郎、大政たちは名古屋へ向かった。

2 奥川《おくがわ》畷《なわて》の復讐

一宿一飯《いっしゅくいっぱん》の恵みにも、わずかな恨みにも報いるのが俠客の本意で、情義のためには生命をも顧みない。次郎長は恩人である長兵衛の仇敵を倒そうと子分の石松、八五郎、大政の三人を引率してひそかに名古屋へ入った。

八尾ヶ嶽の久六方の様子を探っていると、久六は不在で亀崎（尾州）で遊んでいるとわかった。次郎長たちはすぐに名古屋から亀崎へ向かうと、奥川《おくがわ》畷《なわて》にさしかかったところで五、六人の子分とともに名古屋へ帰る久六を見つけた。

次郎長はついに仇敵を見つけた喜びと、積年の恨みに震えた。幸いにもあたりは水田や並木に囲まれ人影もまばらで、勝負するには好都合だった。道に出た次郎長は、

「誰かと思えば久六兄貴、いつも元気で羨ましいなあ」

というと、久六は驚きながら顔をあげて、

「次郎長兄貴……日ごろの無沙汰は面目ないことです。噂と違って元気そうで何よりで結構なことです。して、兄貴はこれからどこへ行くのですか」

と聞けば、次郎長は声を荒げ、

「おのれ、過去に助けを乞い恩恵を受けた次郎長を、何の恨みがあって盗賊だと役人に告げた。その時幸いにも俺は逃れたが、無惨なのは鯱魚《しゃち》の長兵衛。不意にあらわれた捕り手の縄にかけられて、無実の罪で入牢中、恨みを飲んでこの世を去った。仏へのせめてもの供物にと、人でなしのお前のその首をわざわざ貰いに来たのだ。尋常に渡せ！」

との言葉に、ひと言も返せない久六は一刀を抜き次郎長へ斬ってかかった。さっとうしろへかわした次郎長は刀を抜き、それに対抗した。そして石松や八五郎や大政も相手の子分たちと渡り合い、あちらこちらで火花が散った。

だんだんと次郎長に追いつめられた久六は、隙を見て一目散に逃げ出したが刀の鞘につまずいて、地響きとともに地面に倒れた。次郎長は久六の胸のあたりに刃を押しつけ、

「鯱《しゃち》魚の長兵衛が恨みの一刀、いざ受け取って往生せよ」

と喉元を刺し貫いた。久六は叫ぶ間もなく身を震わせて死んだ。このありさまを見た久六の子分たちは恐れおののき、四方八方へ逃げていった。

次郎長は子分とともに、なおも久六を膾《なます》のように切り刻み、

「これで日頃の恨みも晴れた」

といって、まず血刀を押しぬぐい刀を鞘に収め、静かに亀崎を出発した。ほどなくして一筋の渡し口があって、多くの人が群がっていた。次郎長は遠くからこれを見て大政に、

「お主は一人で先に行って、人ごみの中に捕り手が隠れていないか様子を探り、怪

しくなければ船の用意をしておいてくれ」

と告げた。さっそく大政は道を急ぎ渡し場へさしかかったとき、人家の陰からこの村の下役（番太）が一四、五人の若者をしたがえて突然あらわれた。それぞれ竹槍などを手に、

「くせ者、くせ者」

と呼びかけて大政へ突いてかかる。予想通りの捕り手の登場に大政は落ち着いて対処し、この様子を離れて見ていた次郎長たちは、さっき逃げた久六の子分たちが、この村の下役に加勢を頼んだのだと推察して、各自この難所を切り抜けるために身構えた。

3　亀崎郷の喧嘩

多勢を頼む若者たちは、相手がわずか四人だと知ると次々に押し寄せて来た。そこ

へ次郎長は真っ先に進み出て、用意していた久六の刀を鞘の頭に結びつけて振り回した。しばらくはそこで応戦したが、この騒動に気づいた近村では何事かと驚き、その様子がわからないうちに鐘を叩き、

「追いはぎか、盗賊か」

と棒や竹槍を手に駆けつけた。その人数は時を経るごとに増え、名も知らぬ土地に退くと、そこにも一群の追っ手がいた。見れば先ほど追い散らした久六の子分たちが、下役を連れて来るところであった。そこで次郎長たちは奮い立ち、あたりかまわず斬ってかかったが、相手も相当の覚悟をしていると見えて、簡単には倒れない。

そうしているうちに、村の若者たちが再び四方から押し寄せて加勢した。その勢いに押され、ついに八五郎が手傷を負った。次郎長は八五郎を助け、石松と大政とを殿《しんがり》にして、またもや退《ひ》くことを余儀なくされた。

土地勘もない場所を半里ばかり走ると、亀崎のうしろにある山に着いた。そこは登

る道さえないところで、山頂に登ると反対側は崖で、簡単には下山できない。来た方向を見れば、追っ手が五、六〇人迫ってきている。

さすがの次郎長も袋の鼠、どうしようもなくなってしまった。そうこうしているうちに、崖下からも追っ手の声が聞こえてきた。だんだんと迫ってくる多勢に、四人はただ顔を見合わせるばかりだった。次郎長は三人に向かって、

「お主らはどう思うか。地理もわからない土地で、前後からだんだんと取り囲まれてしまっては、逃れることは難しい。いまさら名も知らない下役たちの手にかかって、むざむざと縄にかけられてしまうよりは、いっそのこと潔《いさぎよ》く自害しよう」

というと三人とも頷《うなず》いて、

「それこそ望むところ。いざ」

といってすぐに刀を引き抜いて、腹を出したところで、次郎長が止めた。

「その覚悟、誠に天晴れである。しかし、いまここで自殺すれば後世の人は我らを

指さして、大勢の追っ手を恐れて自害したのだという誹《そし》りを受けるだろう。しかしそれでは口惜しい。死ぬのも活きるのも天運であるから、四人で力を合わせて腕が動く限り、斬って斬って切りつくそう。もし運が悪ければ道に屍《しかばね》を曝《さら》すまでのこと、覚悟はよいか」

そういって石松たちの顔を見回すと、次郎長は静かに崖の上へ登って大声で叫んだ。

「前と後ろに押し寄せた蟻のような多くの者ども。遠くの者は静かに聞け、近くの者はよく見よ。俺を誰だと思う、東海道にその名を響かせる清水の次郎長という長脇差と知ってのことか。知っているなら健気《けなげ》な奴、知らずに来たなら不憫《ふびん》な奴だ。いざ、清水の次郎長の本当の力を見せてくれよう」

と刀を振り上げて、

「者どもつづけ！」

と言い放つと、目の前の崖下にいる数人めがけて飛び降りた。その気迫に気圧《けお》された衆は、恐れおののき八方へ逃げ去ってしまった、その慌てように驚いた追っ手の大多数も、同じように逃げまどった。大勢があわてふためくさまを見た次郎長たちは活気づき、

「お前ら次郎長の首が欲しければ、桶狭間《おけはざま》へ来い」

と言い残し、逃げまどう人々のあとを追うようにして逃げ道を開き、辛《から》くもその窮地を脱した。

4　桶狭間の決死の脱出

次郎長をはじめとする四人は、ひたすらに東に向けて走り続けた。しばらくして足を止めてあたりの様子をうかがうと、人の声も遠のいたので一息ついた。

次郎長が、

「危ないところを脱することができたようだ。しかしこのままこそこそと逃げ帰っては、臆病者との誹《そし》りを受けるだろう。ならば、公言した通り、桶狭間に赴いて、敵の出方をうかがい、もしもまた押し寄せてきたら、華々しく雌雄を決しよう。万が一討ち死にするとも（今川）義元公の墓前、望むところではないか」

というと、大政や八五郎、石松は勇み立ち、進んでこれに同意した。

四人は桶狭間に到着すると、今川義元の墓前を拝み、側に溜まった雨水を手にすくって喉をうるおし鋭気を養った。老松の並木の根方に腰をおろして西の方を注意深く監視していたが、一時《いっとき》過ぎても追ってくる者は一人もいなかった。

次郎長は再び子分たちに、

「おそらく奴らは我らの言葉を信用せず、裏をかいたつもりで苅谷地方へ押し寄せたに違いない。そうだとしたら、いつまでもここに留まっていても無駄なことだ。すぐにここを出発して、ひとまず寺津へ落ち着こう」

と静かに夕暮れ迫る桶狭間をあとにした。

夜道を急ぐ四人はようやく米木津村《よねきづむら》の重五郎（寺津の間之助の兄弟分）方を訪れて、終日の空腹を満たして休息した。次郎長は重五郎に今日の詳細を話し、

「寺津へ使いの者を出し、今日の一件を知らせて用心するようにと、告げてくれ」

と頼むと、来た道を引き返して藤川宿を目指した。しばらくすると、大きな川にぶつかった。昼は渡し船があるが、夜は汀《なぎさ》に船を寄せて鎖で繋がれていた。いちばん先に船に着いた大政は、そばの石を手に取り鎖に打ち込んだが、太い鉄の鎖はびくともしない。次第に焦る大政を見た次郎長は声をあげて笑い、

「大政よ、何を馬鹿なまねをしている。その鎖を断つのではなく、鎖を繋いでいる柱を切れ」

この助言に大政はハッと我にかえり、一刀を手に柱を切った。船で川を渡った四人

はそのまま歩を進め、夜が明けるころに八面《はちめん》という場所に出た。ここから藤川まではそう遠くないが、白昼堂々と歩くのは危険と判断し、昨日の疲れもあるので鉱山《こうざん》へ登って、人夫が夜泊まりする小屋をみつけて、日が暮れるまで体を休めた。

日暮れになると小屋を出発し、藤川を経由して御油《ごゆ》の俠客源六方へ立ち寄った。そこで追っ手の様子を聞くと、

「この近辺も詮索の手が厳重です。用心してください」

とのことなので、昼間のうちは源六の家でじっとして、夜霧にまぎれて浜松をひそかに通り過ぎ、東海道の大河といわれる天龍河原に着いたころには、遠くの寺が夕暮れの鐘を鳴らした。冬の河原に吹く風が寒く、鳴く千鳥の声を聞く間もなく、八州取締の手付きの捕り手が左右から七、八人ばらばらと十手を振り上げて、

「御用だ、御用だ」

と呼びかけてきた。

5　天龍川を渡り清水港へ

次郎長たちは不意をつかれて驚いたが、捕り手を追い払おうとして、早くも石松と八五郎は腰の一刀を抜いて左右へ斬りかかっていた。その気迫に圧倒された捕り手たちは、千鳥が飛び立つのと同じくらいの早さで退いた。それを石松と八五郎は三、四町ほど追いかけていった。あとに残された次郎長と大政は、まずは川を渡ろうと用意を済ませたとき、またあらわれた捕り手四、五人が左右から詰め寄ってきた。大政は小石を拾って投げつけたが、相手はひるむことなく迫ってくるので、刀を抜き放すと捕り手たちは追うのをやめた。その隙に二人は衣服を着たまま、ざぶんと流れに飛び込んだ。次郎長はさすがに海辺で育っただけのことがあって、川の流れをものともせずにすいすいと向こう岸へ渡った。一方の大政は、川に飛び込んだところまではよか

ったが、川の流れに飲みこまれてようやくの思いで下流の浅瀬に着いた。次郎長はすぐに大政のもとへ泳いでいくと、

「よし、俺が一緒に泳ぐから向こう岸へ行こう」

と声をかけたが、大政は頭を振って、

「親分に助けられても俺にはこの川は渡れそうにありません。むなしく水に飲みこまれるくらいなら、ふたたびもとの岸へ引き返し、石松たちと力を合わせてあの捕り手たちを相手に切り死にします」

と告げる。その覚悟に次郎長も頷き、

「そうであれば、俺も一緒に引き返して、奴らに一泡吹かせてやろう」

といって、飛び込んだ元の地点へ泳ぎ着いた。そこにいた捕り手に次郎長と大政は抜刀して斬りかかると、気圧《けお》された捕り手たちは遥かかなたへ退いた。あたりを探しても石松と八五郎の姿はなかった。いろいろと尋ねてまわると、羽鳥村の侠客で吉左衛

門の家に石松がいるとわかった。次郎長たちが合流すると、石松は大いに喜んだ。八五郎について聞くと、

「逃げる途中ではぐれてしまって、まだ見つかりません」

という心許《こころもと》ない返事だった。次郎長は肩を落とし、

「八五郎は一昨日の手傷もあるから、もしかしたら捕り手に縄をかけられたかもしれない。我ら三人で服装を変えて捜索し、万が一捕り手のところに八五郎がいたら、今宵のうちに奪い返そう。さあさあ、ぐずぐずするな」

と二人を急《せ》き立てて、百姓の格好に着替え、刀を藁《わら》で包み、蓑と笠を身にまとって天龍川の周辺を探した。しばらくすると、向こうの方から刀を手に駆けて来る者がいた。最初は捕り手かと思ったが、だんだん近付いてくると、月明かりで八五郎だとわかった。次郎長は大いに喜んで笠も取らずに、

「八よ、八よ。無事で何よりだった」

と声をかけたが、八五郎は耳も貸さずに今にも斬りかかろうとした。これに驚いた大政はあわてて、

「兄弟！　何をするんだ。親分だぞ」

と大声を出すと、八五郎は我にかえり刀を収めた。

「親分でしたか。てっきり百姓に扮した捕り手かと思いました。とんだ失礼をしました。どうか勘弁してください。兄貴たちも怪我はありませんか」

と皆の無事を喜んだ。

四人揃ったところで天龍川の上流を渡り、小笠山を越えて、城を過ぎて、大崩の険を越えて、ついに清水港へ帰ることができた。しかし、ここでも捜索の手が厳しく、安心することができないので、ふたたび故郷を出発して、まずは甲州をめざした。

甲州へ向かう途中、瀬戸《せと》熊《くま》峰三郎という子分が加わり、一行は六人になった。しばらくは三日市の政吉という侠客の家で遊んでいたが、ほどなくここも立ち去って、か

つて半年ほど滞在したことのある武州高萩の万次郎を頼って出発した。

6　万次郎の情けの深さ

武州高萩の万次郎は、かつて次郎長が身を寄せていたころに、義兄弟の約束をした間柄であった。次郎長たちの到着を喜び、

「どうぞ、いつまでも滞在してください」

と丁寧に迎え入れてくれた。この情けある言葉に次郎長たちは喜び、ようやく安堵し枕を高くして眠ることができた。そこでは折りに触れて、

「万次郎方の客分」

と呼ばれて、近隣の賭場へ誘われた。

ある日のこと、主人の万次郎は次郎長が留守のあいだに、何気なく次郎長の刀が気

になって鞘を払ってみると、六口のうちの二口は焼刃《やいば》においも鮮やかに少しの曇りもなかったが、残る四口は鍔元から刃先《はさき》まで裏表に血が固まって焼刃も曇って欠けているところもあった。万次郎は一人で頷いて、

「これでこそ男の刀。ああ、頼もしい限りだ」

と深く感心した。やがて家に出入りする刀商を呼び寄せ、にこやかに、

「いま私は、ある方から四口の刀を買い求めたが、その切れ味を試そうと子分たちに言いつけて犬で試し斬りさせたところ、刃こぼれしてしまった。そこで至急、この四口を研ぎ立ててもらいたい」

といった。刀商はこの依頼に喜び、

「毎度の御用ありがとうございます。まずは拝見します」

と一つずつ鞘を払い刀を見ると、とても犬を斬ったくらいでは済まない血の量を見てとって、刀商の顔から血の気が引いた。

「これはこれは、気味の悪い刀ですね……」

と、ただただ驚くばかりで研ぐのを承知しないので、万次郎は突然立ち上がり、

「研ぎを引き受けないというならば、今後一切の出入りを遠慮してもらおう。俺は高萩の万次郎だ。犬を斬ろうが人を斬ろうが、そなたに迷惑はかけないぞ」

と一口を手に脅《おど》すと、刀商は震えながら承諾し、すぐに刀を四口持ち帰った。

やがて研ぎ立てられた刀を持って刀商がやってくると、万次郎は大いに喜び、研ぎ料のほかに若干《じゃっかん》の謝金を贈った。さっそく研ぎ立てられた刀を次郎長たちに渡すと、万次郎の情の深さに次郎長たちは深く感動した。

そののち高萩を去るとき、万次郎は馬の餞《はなむけ》にと金一〇〇両を次郎長たちに贈った。高萩での厚意に次郎長たち六人はひたすらに感謝した。

次郎長たちは上州草津に足を止めて、しばらくは温泉に入浴してそれぞれの疲労を回復させた。宿の隣り座敷では日夜、賭場が開かれ、

「勝負、勝負」

の声がしていた。最初はおとなしく部屋の中で辛抱していた次郎長たちであったが、蛇《じゃ》の道は蛇《へび》、二日ともたずに博徒の輪に加わった。

高萩の万次郎から餞《はなむけ》に贈られた金一〇〇両を元に勝負したが、最初の一日はすべて巻きあげられてしまった。しかし、その一日で次郎長は相手の技量を見抜き、翌日はその手の内を読み切って、ついには三四〇両を勝ち取った。

すぐに草津を発って、信州路から越後に向かい加州（加賀の国の別称。今の石川県）を過ぎて越前に行こうと大聖寺の関所を越えた。ようやく関所を越えて三、四町行ったところで急に追って来る者たちがいた。次郎長たちは訝《いぶか》り、また驚いた。その場で追っ手をやり過ごし、その様子を窺っていると、どうやら次郎長たちが関所を通るとき、鉄砲を所持していることに気づいた役人がいたようだった。

六人はすぐに本街道を横にそれて、道なき道を通り山をよじ登った。いくつもの険しい山を越えて逃げる途中、次郎長の痔疾《じしつ》が悪化し、歩くのも困難となった。子分たちは代わる代わる次郎長を助け、背負って三里ほど走ったが、太陽も西に沈むと追っ手が来る気配もないので、山中で夜を明かした。やがて東の空が白んでくるころ、次郎長は五人の子分に、

「これからどの方角へ逃げるべきか?」

と問うた。あるものは西へ、またあるものは東に進むべきだといって意見がまとまらなかった。

7　大政の度量

ひとしきり子分の意見を聞いた次郎長は立ち上がると、そばにあった杖を地面に立てて、

「東へ行くか、西へ行くか、まずはこの杖占いに聞いてみよう」

というと、暗に敦賀《つるが》の方へ傾けてから杖から手を離し、敦賀行きを決定した。

そこからまた敦賀へ向けて険しい山々を越え、ようやく敦賀の作造という侠客の家に滞在することになった。そこで子分達が遊んでいるうちに、次郎長は痔疾《じしつ》の治療を受けた。次郎長の痔疾が回復すると、敦賀から便船に乗って四国に渡り、象頭山《ぞうずせん》の金《こと》比羅宮《ひらぐう》へ参詣したあと、故郷の駿河《するが》の清水へ帰った。


このころ、伊豆に大場の久八と呼ばれる侠客がいて、あの八尾ヶ嶽の久六とは義兄弟だった。次郎長の帰国を聞きつけた久八は、八尾ヶ嶽の仇討ちをしようと、久六の子分をはじめ、子分数十名を富士の大宮に呼び集め、清水を襲おうとしていた。

この噂を聞いた次郎長は少しも慌てることなく、すぐに大政と八五郎の二人だけを引き連れて大宮駅へ向かった。何の前触れもなく、久八の宿所に入ると、名前を名乗

り、

「温和に面会したい」

と申し入れた。しかし久八は不意の面会に居留守をつかって面会しなかったので、次郎長たちは一度、清水へ引き返した。そして後日、大政ひとりを久八のもとへ遣わし、

「このごろ世間の噂を聞けば、久八兄貴は八尾ヶ嶽の久六のために、仇を報おうとする生前のよしみ健気なことです。しかし、八尾ヶ嶽が討たれた経緯をご存じないようなので、久八兄貴にお知らせしに参上しました。

奥川畷《おくがわなわて》の決闘は、長兵衛の復讐であって、次郎長の喧嘩ではありません。義を重んじて命を捨てるのは長脇差の常なので、次郎長は少しも死を惜しまないが、八尾ヶ嶽の件で刃を向けられるいわれはない。まずその道理を示していただきたい」

と久八の子分に囲まれても、顔色一つ変えない大政が滔々《とうとう》と語るのを聞いた久八は大

いに恥じ入り、

「事の詳細を知らずに、軽率な行動をとってしまい誠に面目ない。いま大政兄貴の言葉を聞いて目が覚めた。恐れながら次郎長の兄貴へよく詫びてもらいたい」

と丁寧にあいさつをすると、

「いまから、残りの子分を集めて大宮宿でいちばん大きな旅亭を押さえてくる。どうぞ、次郎長の兄貴を招待させていただきたい」

と大政に申し出た。大政は清水へ戻り、いきさつを報告すると、次郎長は大政と八五郎を引き連れて大宮の旅亭に行った。

　旅亭では久八からの言いつけという酒肴の饗応がおびただしく用意され、心づくしのもてなしがされた。次郎長たちは少しも油断することなく、接待を受けた。夜も更《ふ》けて床に就いてからも、万が一密計があるならば、夜更けに襲ってくるに違いないと用心していたが、何事もなく夜は明け、次郎長たちは、

「久八は情にもろい、ただの正直者だったな」

と語りながら清水港へ帰っていった。

七　金比羅宮への御礼参りと石松

1　金比羅宮《ことひらぐう》への刀の奉納

かつて次郎長は八尾ヶ嶽の久六を討とうと決心して、自ら象頭山《ぞうずせん》へ参詣して心願をかけて、ついに仇を討った。しかしその後、四方八方を奔走しているうちに、御礼参りをしていないことが気にかかっていた。

時は万延元年（一八六〇）四月のはじめ、子分の石松に命じて、奥川暇《おくがわなわて》で久六を殺した一刀を美しく拵《こしら》えて、

「還願《かんがん》（神仏にかけた願を解くこと。願解《がんほどき》）のために、この刀を金比羅へ奉納せよ」

と言いつけた。石松はすぐに旅の支度を整えて象頭山に参詣した。神職に事情を話し奉納を済ませて清水に帰る途中、近江の見受山鎌太郎を訪ねた。

鎌太郎は以前から次郎長と懇意の仲なので石松を厚くもてなし、さらに次郎長の亡妻の霊前にと金二五両を贈った。石松はこれを受け取ってその家を辞し、東海道を東へ帰り、遠州中郡の侠客常吉の家を訪ねた。このことが後に石松の身に災いをもたらす端緒になるとは予想もできなかった。

常吉の父親は源八という名の知られた侠客で、吉兵衛、常吉、梅吉という三人の子どもがいた。子どもたちも源八と同じく長脇差の群れに入り、家は二男の常吉が相続していた。

石松が常吉方で四、五日遊んでいるうちに、長男の吉兵衛は石松が懐に金を携えていることに気づき、二人の弟と口裏を合わせて石松を一間に呼び寄せた。

「お呼びだてしたのは訳あってのこと。ぜひとも金が必要になってしまったので、気の毒ではあるけれども、二、三日お主の財布を借りたいのだが」

と頼んだ。石松は当惑しつつも断った。が、三人はなかなか引き下がらないので、

「この金は自分のものではない。見受山の親分より、次郎長親分へ贈られた金なので、貸すわけにはいかない」

と事情を説明したが、三人は一向に引き下がらず、

「そういう事情であれば、お主の一存で貸すわけにはいかないのは百も承知した。しかし、心苦しくもすぐに金が必要なのだ。お主の懐に遊ばせているその金に深い義理があるのであれば、二、三日で必ず返せば迷惑はかかるまい。その保証人として兄弟二人を立てるから、決して間違いはおこらないはず」

と、よってたかって三人が頼むので、生来《せいらい》律儀者の石松は、よほどの事情があるに違いないと察して、見受山の親分から預かった二五両すべてを貸し与えた。

ところが吉兵衛たちは、二日、三日と過ぎ、五日、七日と経っても金を返しに来なかった。ここにきて石松は怒りを覚えて吉兵衛へ催促に行くと、吉兵衛は深く詫び入り、

「もう少し待って欲しい。六月一日の子待講で、盆を張って素人から四、五〇両巻きあげるから、宵の口には金をそろえてお返しする。兄貴もその晩はご一緒してもらいたい」

と言葉巧みに返済の日数を先延ばしにした。

常兵衛が返済を先延ばしにするのには計略があった。――時を同じくして、故八尾ヶ嶽の久六の子分で、布橋の兼吉というものが遠州浜松に遊んでいることを、常兵衛は聞いていた。そこで、常兵衛はひそかに兼吉に、

「近ごろ、清水の次郎長の子分で石松という者がわが家に来て遊んでいる。この者はお主の親分を奥川畷で討ったうちの一人。六月一日の子待講でその復讐に協力しよ

う」

と手紙を送った。この手紙を読んだ兼吉はすぐに快諾して、常兵衛に使いを出して計画を練った。そんな企てがあるとは夢にも思わない石松は、子待講の日を迎えると、常兵衛兄弟の誘いにしたがい、日が暮れると盆を張る鎮守の杜《もり》に向かった。

2　子待講の待ち伏せ

六月一日の夕暮れ、鎮守の杜に向かう途中で、常兵衛と兼吉とで立てた計略が実行された。まずは示し合わせた通り、脇道へそれて並木の松原に差しかかったとき、わざと提灯を落として明かりを消した。

「どうしたのだ」

と驚いた石松の前に、大樹の陰から飛び出してくる者たちがいた。それは兼吉をはじ

め仲間の仙次郎、龍蔵などの十数人で、常兵衛兄弟たちが石松を連れてくるのを待ち構えていた。石松が、

「そこにいるのは仲間のものか」

と尋ねると、兼吉は一歩前へ出て、

「いかにも仲間の若い衆で、私は布橋の兼吉。石松の兄貴おひさしぶりですなあ」

という。石松はどうして兼吉がここへいるのか不思議に思い、ふと後方に目をやると、常兵衛兄弟が道の左右に分かれて刀を抜いて身構えていた。ただならない状況を察したところで兼吉は、

「今日はあらためて石松兄貴に奥川畷の礼をしたいと思って、わざわざやってきたのだ。これは心ばかりの品物、そちらへ納めてもらいたい」

と腰の一刀を抜いて石松へ突きつけた。そこではじめてうしろの常兵衛兄弟が退路を塞《ふさ》いでいると悟った石松は、たちまち怒りの声を荒げて、

「卑怯《ひきょう》、未練のはしたない野郎どもめ。どこからでもかかって来い！」

と鬼の形相で刀を抜いた。常兵衛兄弟たちは、普段は物静かな石松がこんなにも恐ろしい顔になるとは知らなかったので驚いた。

石松は相手の人数の多さに少しも臆することなく、前後左右に斬りかかり奮撃突戦した。しばらくは勝敗の行方もわからなかったが、多勢に無勢、さすがの石松でも数カ所の手傷を負った。これ以上の応戦は命を落とすと判断した石松は、わずかに血路を開き、闇に包まれた道を走って小松の長脇差七五郎方へ転がり込んだ。そこで事の次第を口早く告げて、

「必ずあとから謙吉たちが追ってくるのは間違いありません。どうか少しのあいだだけでもかくまってください」

との願いを七五郎はすぐに聞き入れ、石松を仏壇のなかにかくまった。七五郎が何事もなかったようにしていると、表で人の声がしたかと思うと、兼吉と長吉が真っ先に

どかどかと踏み込んできた。

「さきほど石松が逃げ込んできただろう。俺らに用事がある奴だから、かくまわずに渡してもらおう」

と七五郎をおどしにかかった。しかし七五郎も俠客の一人、少しも動じることなく、

「もし、お主らが疑うのであれば、この広くもない家を探してみるがよい」

と落ち着きはらっていうと、謙吉たちは、

「それっ、者ども探せ、探せ」

といっせいに家の中に入ってきた。謙吉たちは庭の隅から戸棚のなか、竈《かまど》の内側まで探したが石松は見つからなかった。困り果てた謙吉たちに向かって、

「ひとの住居の家捜しをして、探している人がいなかった場合は、家の主人に何と挨拶するのか。長脇差の付き合いには、それぞれ堅い掟があるのを忘れてはいないだろうな」

と七五郎が大声で言い放つと、兼吉たちは最初の勢いもどこへやら、

「思い違いをして済まない。七五郎兄貴、今宵の始末はどうぞ勘弁して欲しい」

と詫びを入れると、我先にと立ち去っていった。

3　石松、殺される

謙吉たちが去ると、石松は仏壇のなかから這い出してきた。七五郎の前へ出ると、

「お主の情け、たとえこのまま吉兵衛たちの手にかかったとしても忘れはしない」

と礼を述べた。七五郎は石松の傷を見て、手当をするからしばらく休むようにいったが、石松は、

「清水の次郎長の子分のなかでも五本の指に数えられるものが、大勢の敵を前に逃げ隠れしたとあっては親分の顔が立たない。また、吉兵衛たちも執念深くこの俺を探

すのは、火を見るよりも明らかだ。一刻の猶予もなく奴らのあとを追いかけて、力の続く限り勝負をして、潔く斬り死にするのが男の意地。

万が一、俺の運が尽きて奴らの刃にかかったら、今夜の一部始終を、七五郎兄貴から清水の親分へついでの折りに伝えてもらいたい。また運良く勝ったら再びここへ戻ってくるので、そのときは手柄話を肴《さかな》にして一杯飲みましょう」

と言い終えると、傷の手当もそこそこに、七五郎の制止をふりきって勇ましく出発した。

逃げてきた道を飛ぶように走っていくと、さきほどの並木の松原を謙吉をはじめとする一四、五人が語らいながら引きあげていくところだった。石松は先回りして道の真ん中に出ると両手を広げて大声で、

「人でなしの畜生ども。この石松の首が欲しければ、まずは手前らの首から出せ」

と叫ぶと、恐れをなした謙吉たちはあわてふためいて散り散りに逃げまどった。

「戻ってこい、勝負しろ」

と叫んで脇目もふらず追いかける石松の背後から怪しい刀の光――謙吉たちよりも先に引きあげた吉兵衛兄弟が、石松の雄叫びに気づいて引き返してきたのだった――腿《ふともも》のあたりを貫かれた石松が立っていることができずに倒れると、常兵衛はその上にのしかかり二刀三刀と斬りつけて、無惨な姿に変えてしまった。

石松の息が絶えたのを確認した常兵衛たちは、声をあげて謙吉たちを呼び集めた。そこで謙吉に、

「お主の親分の敵の片割れだ。さあ、首を撃って帰られよ」

と吉兵衛にうながされた謙吉は、大きく頷き、

「こいつの首を撃ち、常滑《とこなめ》へ送り届け、親分の生前の義兄弟である兵太郎兄貴へ知らせよう」

といって提灯の明かりで石松の首を照らすと、石松は歯を食いしばり目を見張って、

今にも生き返りそうな無念な表情をしていたので、みなは恐れおののき、誰一人としてその首を撃とうとするものはいなかった。

どうしたものかと思案したが、このまま石松の死体を打ち捨てておいただけでは復讐の証拠がないので、こわごわと石松の髷を断って常滑に送った。

石松の帰りを待つ清水では、宮島の侠客の年蔵が八州の巡視を殺害した件で、その子分一二人を引き連れて次郎長方へ身を寄せてきた。次郎長は年蔵に情けをかけて受け入れたが、清水では安心して暮らせないと判断し、自ら海船を雇って年蔵たちを乗せて伊豆の下田へ送り届けてやった。

しかし、早くもこのことが八州取締へ知られ、まずは次郎長から捕まえることとなり、入念な準備が進められていると噂を聞いた次郎長は、大政、小政、勘蔵、相撲常、喜代蔵、喜三郎などの子分を引き連れて清水を発った。そして、遠州本座の為五郎方を訪れたのは六月三日、石松が殺害されて二日後のことだった。

4　吉兵衛のだまし打ち

私利私欲のため石松を殺害した吉兵衛は、石松を亡き者にしたあと、路上で兼吉たちと別れた。本座の為五郎方へ清水の次郎長が訪れていると聞いた吉兵衛は、大いに驚き、

「さては小松での一件を早くも知らせたものがあって、急いで仕返しに来たのか」

と次郎長と為五郎が談義する隣の一間に隠れて様子をうかがった。そうとは知らない次郎長は四方山話《よもやまばなし》に花を咲かせるばかりなので、仕返しに来たのではないと悟った。

吉兵衛の親分である為五郎は、石松の殺害に自分の子分たちが係わったことに気づかれないように、体《てい》よくここを出発させなければならないと考え、

「次郎長の兄貴は、一昨日の大喧嘩のことを聞きましたか？」

と話を切り出した。虚を突かれた次郎長は小膝を進めて、

「一昨日の大喧嘩とは、誰と誰だ？」

と聞き返せば、為五郎は次郎長が石松の死を未だ知らないと確信して、心の中で笑いつつ、

「詳しくは知りませんが、一昨日の子待講のとき、小松の並木で喧嘩があって、石松の兄貴がその場で命を落としました。誠に気の毒なことです」

と大袈裟に落胆してみせた。為五郎のことばに驚いた次郎長たちは騒然として、

「なに、石松が殺されただと」

「相手はどこのどいつだ」

と質問責めにしたが、為五郎はわざと、

「詳細はわからない」

と取りつく島もないので、次郎長は子分に、

「何はともあれ、小松の七五郎親分のところへ行けば何かわかるだろう」

と言って、みんなそろって駆けていった。

次郎長たちが走っていく、そのうしろ姿を見送った吉兵衛たちはほくそ笑み、

「身も蓋もない馬鹿野郎どもめ。石松を殺したものが一つ屋根の下にいるのに気づかず、いきりたって走り出すとはいい気味だ。しかし、奴らが小松に行けばすべてばれてしまう。そうなる前に次郎長たちをまとめてだまし討ちしてやろう」

と思いついて、子分の伊賀蔵に次郎長のあとを追いかけさせた。伊賀蔵は次郎長たちに追いつくと、

「俺は中郡の吉兵衛の子分のものです。吉兵衛は大親分の為五郎から清水の親分さんが当地に来ていると聞きました。願ってもない機会なので、ぜひとも御面会したいと申しております。お聞き届けいただけますでしょうか」

と丁寧にあいさつするので、次郎長は立ち止まり、

「御無沙汰している吉兵衛兄貴か。せっかくのことだから、少しだけでも立ち戻ろう」

と子分を引き連れ、来た道を戻った。本座の門をくぐると、吉兵衛らをはじめとする数十人が草鞋のまま出迎えた。穏やかではない様子に、次郎長は警戒しながら縁先に腰をおろした。吉兵衛は次郎長の前へ進んで、一通りのあいさつを済ませると声を潜め、

「兄貴、聞きましたか。一昨日の晩のこと、浜松の国立屋の子分どもと、兄貴の家の石松兄貴が小松の並木で喧嘩したが、哀れにも石松兄貴に加勢はなく、相手は目に余るほどの大勢なので、ついには殺されたということです。かねてから意地の悪い国立屋、すぐに仕返しに行くのなら、やせ腕ながらも我らが御加勢いたします」

とまくし立てるその目には妖しい光があった。ふと吉兵衛たちの足元を見れば、あわ

て履いたようすの足袋と草鞋は、少しも土に汚れていない。次郎長は吉兵衛たちを不審に思い、子分にも目配せをして油断しないように身構えた。

5　巳之助の仲裁を断る

何としても次郎長たちを小松へ行かせないように画策する吉兵衛は、次郎長が頼りとする小松の七五郎も、国立屋の仲間なのだと欺く。さらに次郎長を幡随院長兵衛のように風呂場で殺害しようとするが、先を読まれて断念する。吉兵衛の行動を怪しいとにらんだ次郎長は小松へは行かず三州寺津へ。寺津の間之助の子分をつかって遠州での石松の一件を調べさせた。その結果、憎むべく敵は吉兵衛とわかり次郎長の怒りは頂点に達し、中郡の吉兵衛方へ急行するが吉兵衛たちは山深くに身を隠したあとだった。

次郎長は中郡から再び清水へ戻ってきたが、その胸の怒りは収まることを知らず、ひそかに人を遠州へ送り、吉兵衛たちの消息を探らせたが梨のつぶてだった。苛立ちをつのらせていたある日、次郎長は何やら独り頷くと大政を呼んだ。

「俺もすっかり忘れていたが、そういえば最近になって大熊の兄貴が江尻へ帰ってきたと聞いた。だいぶ御無沙汰しているので、見舞い方々俺の代わりにお主に行ってもらいたい。

大熊への口上は疎遠の詫びのほかに、大熊の弟分の吉兵衛が言語尽くせぬほどの不《ふ》埒《らち》な仕業《しわざ》を働き、子分を一人失ったばかりか、この次郎長までも手にかけようとしたことをありのままに告げよ。だから今後、吉兵衛を見つけたら首をはね肉を裂いて、草葉《くさば》の陰《かげ》の石松の無念の霊を慰めようと思う。ついてはこの旨を一応お断りに参りました、と丁寧に申し伝えよ」

このように言いつけられた大政は支度もそこそこに江尻へ赴いた。大熊方へ訪れると折りよく家にいたので、寒暖のあいさつなどを交わしたあと、次郎長に言われた通り、丁寧に吉兵衛の悪業を物語ると大熊は大いに驚き、

「御無沙汰していたのはこちらの方なのに、わざわざ出向いていただき恐縮この上もない。次郎長の大兄貴の性分からすれば、よほど腹を立てていることでしょう。吉兵衛がそんな者とは知らず、先年義兄弟の約束をしたが、情義を知らない人でなしとは今日限りで縁を切ります。もし明日にでも吉兵衛が現れたら、容赦なく取り押さえて大兄貴の方へお知らせします、とお伝えください」

と返答した。大熊の返事を聞いた大政は江尻を辞し、清水へ戻ると次郎長に報告。次郎長はこの返事を大いに喜んだ。

やがて七、八日が何事もなく過ぎていった。中郡の吉兵衛は次郎長と大熊とのあいだに使いの者が走った噂を聞いて、さらに警戒を強め、関東の巳之助という侠客が遠州に遊びに来ているのを聞きつけ、面会して事の次第を自分の都合に合わせて物語り

次郎長との仲裁を頼んだ。

吉兵衛の口車に乗せられた巳之助はこれを引き受けて、ある日、清水へ一人で出かけた。次郎長をはじめ子分の面々に初対面のあいさつをすると、

「吉兵衛は自分の非を認め、大いに反省しております。どうか過日の罪を許し、吉兵衛の身をこの巳之助にしばらく預けていただきたい。もし幸いにもこの申し出を聞き入れていただけたなら、石松どのの石塔料として五〇両、吉兵衛からの償いとして出させましょう」

と仲裁を申し出た。これを聞いた次郎長は片頬で微笑みながら、

「箱根より東にはそんな例もあるのかも知れないけれど、この土地の侠客には、おのれの子分の生命を売って快《こころよ》しとするものは一人もいない。たとえ吉兵衛に翼があって天に逃れ、または術を使って地下に潜ろうとも、必ず見つけ出して、肉を裂き骨を砕いて、殺された石松の霊魂を慰めなければ、侠客ではない。お気の毒だがこの仲

裁、お断りする」

とぴしゃりとはねつけた。次郎長の一本筋が通った物言いに、さすがの巳之助も舌を巻き、すごすごと引き下がった。

6 伊豆の赤鬼らの襲撃

巳之助の仲裁が破談になって、打つ手がなくなった吉兵衛三兄弟は、伊豆の赤鬼金平という、次郎長を目の敵にする親分を清水へ攻め入るようにそそのかすことに成功した。金平は甲冑《かっちゅう》をそろえて子分や吉兵衛たちに着せると清水港をめざした。

九月十六夜《ながつきいざよい》の月に照らされて、赤鬼の金平を首領とした甲冑姿の男たちが次郎長の家に押し寄せると、家にいた者たちはその格好を見て、戦《いくさ》が起こったものと勘違いして、家を捨てて雲不見方《くもみず》の別荘へ逃げた。

幸いにも次郎長は持病の痔疾《じしつ》が悪化して、起きあがることもできなかったので、実家の雲不見三右衛門方の別荘に移って、半月ほど治療を受けていたのだった。逃げてきた留守居の子分たちが、

「どこの藩かはわかりませんが、三、四〇人の甲冑姿の敵が本家へ押し寄せてきました」

と報告すると、次郎長は首をかしげて、

「はてな、領主の捕り手か。そんなこともあるまい。この太平の世に馬鹿馬鹿しくも甲冑姿とは笑止《しょうし》。みんな心配するな」

と苦笑いをした。するとそこへ慌《あわただ》しく転がり込んできた子分が、息も継がずに、

「もし、親分。俺は悔しくてたまりません。たったいま中郡の吉兵衛らは、赤鬼の金平を頭として総勢二四、五人が甲冑に身を固めて槍や刀を手に、本家へ押し寄せてきました。しかし家に誰もいなかったのを怪しんで、引きあげていきました。もしも

親分の病がなければ、生きて帰すことはしなかったでしょうに。悔しいです」

と地面をたたいて物語るのを聞いた次郎長は大いに怒り、

「なんと、吉兵衛が来たというのか。寝ている虎の髭《ひげ》を引っ張る二十日鼠《はつかねずみ》のような奴らめ。いくら病に臥《ふ》すといえども、このまま帰すわけにはいかん」

と寝具を蹴飛ばして、寝間着《ねまき》のまま一刀を差すと、子分をしたがえて、すぐに金平たちのあとを追いかけ、一里二里と進んだが相手の姿を捉《とら》えることはできなかった。

無念のままに雲不見方へ引き返したが、次郎長は怒りに打ち震え、独り金平たちへ罵詈雑言《ばりぞうごん》を浴びせ、夜が明けたのにも気がつかなかった。この次郎長の激しい怒りに痔疾《じしつ》も恐れをなしたようで、その日から全快したのに自分で気がつかなかったほど、怒り心頭に発していた。

翌日、赤鬼の金平たちが富士野にいると聞いた次郎長は、ただちに一書をしたためて子分に持たせた。金平は次郎長からの手紙を受け取ると、ゆっくりと読んだ。

――昨夜、わざわざ中郡の吉兵衛らと、我が清水へ御来臨いただきましたが、あいにく私は病にかかり余所《よそ》へ臥《ふ》しておりましたので、御面会がかなわず誠に残念でした。つきましては、どのようなご用件で御来臨されたのか、お聞かせいただきたく存じます。世間の評判では、中郡の吉兵衛兄弟が貴公の厚意を受けて私を謀ろうとのお企て、誠に御親切のほど深く感心しております。よって返事次第ではこちらから昨夜の御礼として参上致しますので、御覚悟のほどお願い申し上げます。

手紙を読み終えた金平はしばらく考え込んだが、返事を書いて清水の子分へ渡した。次郎長は帰ってきた手紙を開くと、すぐに読んだ。

――お手紙拝見いたしました。このたびのこと、実は吉兵衛たちの嘆願によってわざわざ足を運んだのですが、ご不在だったので空しく宿へ帰りました。願わくば吉兵衛たちの過日の罪、なにとぞ御寛容くだされたく存じます。そのためには私が何度でもお詫びを申し上げます。

読み終えた次郎長は、また筆をとって、金平に書状を送った。

――御返事の件、少しも理解できませんでした。もし吉兵衛たちの嘆願によって貴公が御仲裁に入って下さるなら、なぜ昨夜甲冑《かっちゅう》をまとい、武器を手に数十人で御来臨されたのでしょうか。過去に甲冑をつけて仲裁に入った侠客というのは聞いたことがございません。また、吉兵衛らの罪は天地が許すはずもないもの。よって仲裁はお断り申し上げます。もしも貴公と私のあいだに親睦を結ばれたいのなら、吉兵衛らの首を切って、ふたたび御来臨されるのをお待ちしております。

7　吉兵衛を斬る

次郎長の予想通り、手紙を読んだ金平は争うのをやめて家に帰った。ある日、次郎長の家で酒宴を開いて河豚汁《ふぐじる》を振る舞ったら、毒に当たった。次郎長だけは毒に当たらず、苦しむ子分たちの体を畑に埋めるという民間療法を実行した。駆けつけた医師によって、ほとんどの河豚《ふぐ》中毒は治ったが数人の子分は命を落とした。

次郎長一家が河豚にあたったことを知った吉兵衛たちは、次郎長の首を取る時節が到来したと喜び勇んで、清水へ向けて出発した。前祝いにと清水港から八、九町手前の駕籠屋で、盃をすすめてよい心持ちになったところ、中庭から、

「人でなしの吉兵衛はどこにいる。清水の次郎長が、わざわざここまで出向いてきたぞ。出てこい！」

と大声で叫ぶのが聞こえた。驚いた面々は刀を取るよりも先に、中庭に面した障子を開けて外を見ると、次郎長と小政が刀を手にこちらへ向かっている。吉兵衛は子分に、

「目指すは次郎長の首ひとつ。次郎長は袋の鼠、籠の鳥。この中庭へ踏み込んだからには、我が手に落ちたも同然だ。お前たちは表の口で、うるさい下《した》っ端《ぱ》どもを追い

払え」

と叫びながら一刀を抜くと縁側に出て、竹槍を手にした次郎長に挑んだ。小政は側でいつ加勢しようかと身構えていた。吉兵衛と次郎長は一進一退の攻防を繰り広げ、小政が入る隙もなかった。

次郎長はわざと二、三歩後退して誘い込むと、吉兵衛はひらりと中庭に飛び降りた。吉兵衛が激しく打ち下ろす太刀を、次郎長は次々と受け流した。容易には決着がつかないように見えたが、次郎長が腹に力をこめたかと思うと、吉兵衛が右手から真横に斬った切っ先を寸分のところでかわすと、吉兵衛に生じた右肩の隙に竹槍を貫いた。

「うあああっ！」

と吉兵衛が叫んだ次の瞬間には、その胸板に風穴を開けた。次郎長は空に向かって、

「中郡の吉兵衛を、次郎長がここに討ち取ったぞ！」

と叫んだ。この声を聞いた吉兵衛の弟二人と子分たちは、蜘蛛の子を散らすように逃げ出した。駕籠屋の表では大政たちが伊賀蔵を斬り殺し、子分三人を生け捕りにして、次郎長の前に突き出した。縮こまった三人を前に、

「お前らも敵の片割れだから、いっそのこと冥土の道連れに首を打ち落としてやろう」

というと、三人は泣き出して、

「私たちは最近になって中郡の子分になったので、事の成り行きも知りません。せめて命だけでもお助けください」

と涙を流して命乞《ご》いするのを聞いた次郎長は冷笑し、

「ろくでもないその命が、それほど惜《お》しいのなら助けてやろう。けれども、このまま帰したのでは中郡への土産がない。印《しるし》をしてやろう」

というと、三人それぞれの左手の中指、薬指、小指を切り落として表へ放してやる

と、三人は礼の言葉を残して一目散に逃げ去った。

次郎長は中庭へ戻ると吉兵衛の首を刎《は》ねた。伊賀蔵と首のない吉兵衛の死骸は江尻の海辺に埋めた。そのあと騒ぎを起こした駕籠屋にあいさつをして、子分六人とともに遠州の小松に向かった。

まずは七五郎親分にあいさつをして、石松を葬った松原に赴《おもむ》き、華を手向《たむ》けて水を供え、あたりの塵《ちり》を払い清めると、携えてきた吉兵衛の首を取りだして塔婆の前に差し向けた。次郎長は進んで香を焚《た》いて、石松が生きているかのように今日までの経緯を語りかけた。つづいて大政たちに焼香をさせると、その夜はそこに野宿して、習ってもいない読経をして石松の供養をした。

石松の仇を討った次郎長たちは寺津の間之助の家へ逗留。そこに一人の若侍（友之進）が次郎長を紹介してくれと尋ねてくる。それは京都の主人何某卿《なにがしきょう》から仕官の誘いだった。間之助は大いに喜ぶが、次郎長はこれを辞退する。

二カ月後、寺津を辞した次郎長たちは象頭山《ぞうずせん》（金比羅宮《ことひらぐう》）へ参詣するために東海道を四国へ。その帰り道に伊勢の周太郎の家を訪れた。ちょうど上州の長脇差国定の金五郎も子分を率いてここへ身を寄せていた。みんなで酒を酌み交わし日夜楽しんだ。

金五郎は戯れに次郎長たちの胆量を試したが次郎長の器量に感服し、義兄弟の盃（兄＝次郎長、弟＝金五郎）を交わした。

次郎長が清水へ戻ると、古市の俠客、丹波屋伝兵衛が次郎長と赤鬼金平とのあいだに入って、吉兵衛の一件の和解を取り付け、双方は菊川宿で盛大な手打ち式を行い、酒を酌み交わした。この手打ちにより、次郎長の評判は一気に高まった。

八　黒駒の勝蔵との対立

1　天龍川の対陣

甲州の侠客黒駒の勝蔵も菊川の手打ち式に出席した。次郎長と勝蔵の初顔合わせである。手打ち式のあと、勝蔵は富士川を南下して、大和田の友蔵と天龍川で対陣する。大和田の友蔵は次郎長と義兄弟分である。天龍川の東に陣取った大和田の友蔵は、加勢の使いを清水の次郎長へ送り、その返事を今か今かと待っていた。しかし、使いのものは勝蔵の子分の玉蔵に騙され、書状と着ているものを奪われたうえに坊主にされ、袋井宿の一言坂で褌《ふんどし》一枚の姿で松の木に縛られてしまった。旅人の情けで何とか縄をほどいてもらったが、このまま清水に行くこともできず、かといって手ぶらで天龍川へも帰れないので、雲隠れしてしまった。このことを人づてに聞いた大和田の友蔵は、

「急いでいたとはいえ、素人同然の子分を使いに出したのは不覚であった」

と反省し、すぐに書状を書き直して信頼できる子分に持たせ、清水へと走らせた。

次郎長方に着いた友蔵の子分は、事情を説明して加勢してくれるように頼んだ。これを聞いた次郎長は、

「俺は黒駒には少しの恨みもないが、大和田とは義兄弟。両雄が戦うと聞けば、大和田を助けるのは当然のこと。すぐに支度をして繰り出すと、友兄貴に伝えてくれ」

と頼もしい返事をした。使いのものは喜んで、すぐさま来た道を引き返した。

次郎長は出発の準備を整え、大政、小政、相撲常をはじめ一騎当千の子分二四人を

引き連れて清水を発とうとしたとき、次郎長と義兄弟である石屋の重蔵の子分伊豆熊、六之助など一六人が伊豆から船路でやって来た。次郎長たちの出立《いでたち》ちを見た伊豆熊たちは、

「なにかあったのですかい？」

と尋ねる。次郎長は、

「大和田方への加勢で、天龍川まで行くところだ」

と告げる。

「それならば、俺たちも加えてもらいたい」

とたのもしい言葉。まずは門出の祝いにと、重蔵が持たせた大鰹一四、五尾を差し出すと、次郎長は大いに喜んだ。

「鰹《かつお》は勝魚《かつうお》であるから縁起がいい。大和田の勝利は疑いのないものだろう」

とすぐに鰹を料理させ、酒宴を開き、楽しんだところで、さてと一同で出発した。血

気盛んな一行は清水を出て、三日と待たずに天龍川の東に陣取る大和田方へ到着した。

次郎長たちが到着した夜に、西側に陣取っていた黒駒の勝蔵は引きあげてしまった。次郎長たちも引きあげ、見附宿で休んでいると一人の僧が次郎長に面会を求めた。会ってみるとその僧は一緒にいた小僧を人質にされ、勝蔵に「次郎長の殺害」を命じられたという。

僧が勝蔵と待ち合わせた場所に次郎長たちは行ってみたが、誰も出てこなかった。

勝蔵たちが東へ逃げたという情報を得た次郎長たちは黒駒党を追う。

2 和睦は不調に

黒駒の勝蔵は、大和田方へ清水の次郎長が加わったと聞いた夜に撤退したあと、すぐに三州へと逃れ、義兄弟である平井の長脇差雲風の亀吉を頼った。そこから敵の様子を探ると、清水の次郎長の勢いは鋭く、どこまでも追いかけてくると聞いた。これにはさすがの勝蔵も顔を曇らせ、子分を御油《ごゆ》宿の長脇差玉一のもとへ遣わして次郎長との和睦の仲裁を頼んだ。

玉一は次郎長とも勝蔵とも親しい仲だったので、すぐに仲裁を引き受けた。次郎長たちが寺津に来たと聞くと、玉一は駕籠を飛ばして間之助の家へ急いだ。まずは間之助に面会して和睦の手助けを願ったが、間之助は微笑みながら、

「甲州黒駒の勝蔵と東海道清水の次郎長は、いずれ劣らぬ顔と顔。一時の気休めに和睦させても、すぐに破られてしまうでしょう。いっそのこと、ここで雌雄《しゆう》を決したほうが、後日のためによいのではないでしょうか」

と取り合わないので、玉一は次郎長との面会を懇願した。和睦の提案を聞いた次郎長は、

「いかにも兄貴の骨折りで、互いに和睦をするのであれば俺に異存はない。しかし、もともとこの一件は清水と黒駒の争いではなく、大和田の友蔵が大泉の役所から申し付けられた役目が発端だ。だからすぐに和睦の承諾はできないが、勝蔵が隠れている平井へ攻め込むのを、三日間だけ待つ。三日過ぎて兄貴から報せがなければ、和睦が成立しなかったと判断し、ただちに平井へ打って出るつもりだ。これから大和田の友蔵方へ赴いて、和睦に応えるのかどうか、聞いて来てもらいたい」

と答えた。玉一がいとまを告げて大和田へ去ると、次郎長は子分を集めて、玉一との

やりとりを伝え、

「しょせん、この和睦は調わないだろうから、三日のあいだに、それぞれ討ち入りの準備をしておくように」

と言いつけた。次郎長の予想通り三日過ぎても玉一から報せはなかったので、いよいよ勝蔵のいる平井へ打ち入ることを決めた。

大政、小政をはじめとして三、四〇人を引き連れて六月四日の早朝に、いざ発とうとしたが、その日は次郎長の母の忌日だと気づいて、出発を見送った。

翌日の五日、明け方から寺津を出ると、その日の昼には平井へ到着した。移動の勢いそのままに、雲風の家の四方を取り囲み一気に踏み込んだ。玉一に頼んだ和睦がどうなっているのか、気を揉んでじっとしていた勝蔵は、不意を突かれた。和睦の協議中は、敵が攻めてくることはないだろうと油断して、二階で雲風の亀吉と碁盤を囲んでいたのだ。どおっとあがった鬨《とき》の声《こえ》に勝蔵と亀吉は驚いて、騒ぐ間もなく近くに隠れた。

雲風の亀吉の家に踏み込んだ次郎長たちは、勝蔵と亀吉を取り逃がしたが、勝蔵の子分大岩を斬ったあと、その着物を剝ぎ取り、大岩に殺された国森の新虎の家へ届ける。新虎の家には幼い（七歳）の子がいて、大岩の着物を渡すと、亡き父の刀を持ち出し着物を切り刻んだ。次郎長たちは寺津へ戻り勝蔵の行方を捜す。勝蔵と亀吉たちが平井から信濃を経由して甲州に帰ったと聞くと、深追いはせずに清水へ戻り、大和田へことの次第を報告した。

3　黒駒党の妻妾

命からがら平井を抜け出した勝蔵は、数人の子分と亀吉とで信州を経由して甲州に帰ると、ふたたび子分を集めて清水を襲おうと決心した。

そこで、子分たちを縁ある長脇差の家へ送り、資金を集めた。勝沼の三蔵というものは黒駒党を忌《い》み嫌い、勝蔵へ少しも協力しないので怒った勝蔵は勝沼へ押し出した。双方は嵐河原で激しく戦ったが三蔵の仲間は少なく、劣勢に追い込まれた三蔵は急いで使いを清水へ送り加勢を頼んだ。この依頼に次郎長はすぐに承諾して、一騎当千の子分綱五郎をはじめ八人を勝沼へ急行させた。清水の党の加勢を受けた三蔵たちは、一気にその勢いを増し黒駒方を襲おうとしたが、清水の加勢が到着したと聞いた勝蔵たちは、どこかへ雲隠れしてしまった。

綱五郎たちは、

「わざわざ駿州から来たのに手ぶらで帰ったのでは、親分に合わせる顔がない」

といって勝蔵を捜し続けた。そのうちに、

「このごろ勝蔵は柳町の妾宅に潜んでいる」

という情報を得て、すぐに柳町へ走り、家内を捜索したが勝蔵は逃げたあとだった。

その家には勝蔵の妾のほかに、勝蔵の子分鬼角の女房もいたので、この二人から勝蔵たちの消息を聞こうと捕らえて、勝沼の三蔵の家に押し込めた。

その夜、妾と女房の境遇を不憫《ふびん》に思った三蔵の女房は、皆が寝静まったころを見計らって、この二人の縄をほどき裏口から逃がしやった。

そうとは知らない綱五郎が、

「さあ、今日こそは勝蔵たちの行き先をしゃべってもらおうか」

と意気込んで押し込めておいた部屋の戸を開けると誰もいない。

「しまった、逃げられた」

と騒ぎ立て、八方に子分を散らして探しているうちに三蔵の女房が、

「あまりにも不憫《ふびん》だったので、私が縄をほどいて逃がしました」

と白状した。綱五郎は顔を真っ赤にして怒り、

「われわれは山を越え、川を渡って、誰のためにここに来ているのだ。力を尽くし

て、心を尽くして、ようやく得た人質をひそかに逃がすとは。勝蔵たちと戦う気があるのか！」

と言い放つと、清水へ帰ってしまった。次郎長は綱五郎の報告を聞き、三蔵への加勢をやめた。

勝蔵は体制を立て直し、勝沼の三蔵方を襲おうと準備していると、捕まった妾たちが戻ってきた。勝蔵が二〇数人の子分を連れて三蔵の家へ討ち入ると、ちょうど綱五郎たちが去ったあとで、三蔵方は惨敗を喫し三蔵の家は焼かれた。元治元年（一八六四）正月のことであった。

勝蔵があるとき岩淵（富士川の西岸）で遊んでいると、伊豆の大場の久八が尋ねてきた。碁盤を囲むと久八が、

「勝った、勝った」

と騒ぐので、勝蔵の子分たちは久八を袋だたきにした。這々《ほうほう》の体《てい》で伊豆へ逃げ延びた

久八の話を聞いた赤鬼の金平は、勝蔵に書状で注意した。勝蔵はその書状を黙殺して取り合わなかったので金平は怒り、黒駒党との交際を絶った。
また勝蔵は子分の女房を気に入ったために、その子分を風呂場で殺して女房を手に入れた。さらに、子分を富豪の家に行かせて、無理やり金銭を借りてくるなど、横暴を極めていった。

4　黒駒党の衰勢

「虎の威を借る狐」

と古い諺にある。黒駒の勝蔵はその名を甲州中に響かせ、勝蔵の名に便乗する子分の数は日増しにふくれあがっていった。数え切れないほどの子分を抱えた勝蔵は有頂天となり、囲碁に勝った義兄弟を袋だたきにしたり、子分を殺害してその女房を手に入れたり、豪商の家に押しかけて金銭を強奪するなど、強盗に等しい行いまでするようになった。

勝蔵の悪事に便乗する子分は後を絶たず、黒駒党の悪名は日に日に高まったが、勝蔵はいっこうに改心することもなく、遊び暮らしていた。

ある日勝蔵は、義兄弟である堀越の藤左衛門を自宅へ招くと、

「俺が、かねてより大和田の友蔵に恨みを持っているのは、兄貴も知っていると思う。そこで、一夜見附の宿へ火を放って、奴らをまとめて焼き払いたい。どうか加勢して欲しい」

と話した。これを聞いた藤左衛門は驚き、呆れた顔で勝蔵の顔を見つめて、

「兄貴の願いであってもそれはできない。なぜかというと、兄貴が恨んでいるのは友蔵と次郎長のみで、そのために見附の宿を焼き払えば、多くの人が巻き添えになってしまう。友蔵を討つのなら、ほかに手段があるはず。考え直してもらいたい」

と諫《いさ》めた。藤左衛門が言うことを聞かないのに腹を立てた勝蔵は、

「加勢しないのなら、もうよい」

と、怒りを露わにしてあいさつもせずに立ち去った。この無礼な扱いに藤左衛門も腹を立て、家に帰って旅の支度をすると清水へ赴いた。藤左衛門は勝蔵との一件を語るうちに、次郎長の人柄に感服し、ついには次郎長と義兄弟の盃を交わした。

そのころ、伊豆の侠客赤鬼の金平も昔は黒駒党と深い親交があったが、大場の久八が袋だたきにされた件や、藤左衛門の一件を聞くと、ついに堪忍袋の緒が切れて、勝蔵へ絶交の書状を送りつけた。

最近になって韮山《にらやま》の代官所で赤鬼を捕らえようとしていると聞いた金平は、家にいた子分を四方へ散らし、単身で海を渡り清水へ向かった。

ある夜更けに、次郎長方の門を叩く音がした。子分が、

「こんな時間に訪問するとは、どこのどいつだ」

と苛立《いらだ》ちながら門を開けると、金平は辺りを見まわし、

「俺は赤鬼の金平だ」

と名乗った。仰天した子分は、

「なに、赤鬼の親分がなぜここへ来たのだ」

と不審に思って問えば、金平はそっと、

「何かあると疑うのはもっともなこと。互いに親交もなく、刃《やいば》を交《まじ》えたこともある赤鬼が、次郎長親分に頼みたいことがあってわが身一つで参上した。すぐに取り次いでもらえないだろうか」

と丁寧に願い出た。子分が疑いつつ金平の腰にある一刀を注意深く見ていたので、金平は、

「まだ疑いが晴れないならば、この一刀を預けておく。どうか取り次いでもらいたい」

と刀を差し出した。受け取った刀を手に子分が次郎長に伝えると、

「さては赤鬼の奴、とうとう俺に頭を下げに来たか。よし、ここへ連れてこい」

というと、にっこりと笑った。

伊豆にその名を轟かす赤鬼の金平であったが、当時の公儀の探索は厳しく、安心して暮らせる場所がなかった。そこで、敵ではあるが勢いがある次郎長のもとへ身を寄せようと、清水を訪れたのだった。

次郎長は金平を一間に通すと笑顔で迎え、ぞんざいにあつかうこともなかった。これに安心した金平は寒暖のあいさつなどをして、あらためて身を寄せてもらえるように頼んだ。次郎長は、

「伊豆の金平ともあろうものが、言葉を尽くして頼むとあっては誰が断れようか。俺も清水の次郎長、義によっては友をも殺し、仇をも救うのが侠客のつとめ。安心して遊ぶがよい」

というと、酒肴《しゅこう》の支度《したく》をさせて一緒に飲み明かした。その後、次郎長は金平に一四、五人の子分を従わせて富士川の西の岩淵に居をかまえさせた。

九　帯刀の許可と壮士の墓

1　判事庁からの呼び出し

時は移り、慶応四年（一八六八）九月八日に改元が行われ、世は明治となる。王政維新の幕があがった。駿州府中は総督府判事伏谷如水氏（浜松藩の家老）が一円を支配したが、このとき京都の官軍は東に下り、東都の藩士は西へ向かい、東海道の宿駅は混雑した。

旧政はふるわず、新政はまだ統治できず、世は混迷を極めた。無頼の浪士たちはその混乱に乗じて所在の富家を襲い、その横暴は止まるところを知らなかった。人々は心休まることもなく、世の行く末を案じて日々を過ごした。

侠客たちも不安を募らせていた。次郎長は、

「維新の政治と改まったからには、自《おの》ずと公儀の掟も変わり、この長脇差たちの身の上に、どのような御沙汰があるかもわからない。無頼の浪士のような軽率な行動は慎め」

と子分を戒め、また自分を律して世の動向を見守っていた。

このころ、清水の近辺を見慣れない旅商人が足袋《たび》を売りまわっていた。その足袋はとても安かったので次郎長方でも購入したのを縁に、たびたびこの商人が訪れてくるようになった。世間話も面白く、気軽に立ち寄るようになってから数日後、旅商人が次の土地へ発つと聞いた子分たちは、

「せめてもう数日」

と引き止めたが清水をあとにした。

ある日、府中の判事庁から次郎長に、

「すぐに出頭するように」

との呼び出し状が届いた。次郎長は子分を集め、

「見ての通り、判事の庁から呼び出しがあった。おそらく昔の罪についての尋問であろう。俺が府中へ赴いて今宵までに戻ってこなければ、もはや帰ってくることはないと覚悟して、ここを立ち去って、それぞれ身を立てていくのだ。いま当地から逃れるのは簡単なことだが、ただ一通の呼び出し状に恐れをなして逃げ出したと世間に笑われては、この身の恥だ。これから府中へ行ってくる」

と言い残すと、支度を整えて府中へ赴いた。

した。

2　判事庁の辞令

次郎長が府中の判事庁に到着すると、属官がていねいに応対して次郎長を部屋に通した。

「しばらくお待ちください」

と属官が下がると、ほどなくして伏谷判事が部屋に入ってきた。判事が自分の椅子に座ると、次郎長はうやうやしく頭を下げ、

「清水港に住む山本長五郎でございます。呼び出し状をいただいたので参上いたしました。どんな御用でしょうか」

と問えば、判事は頷き、

「さっそくの出頭ご苦労であった。そなたをここに呼んだのは、知っての通り、今

春から御親政の御代《みよ》となり、維新の新制度になった。が、頑愚《がんぐ》の夢いまだ覚めず、朝廷に対して不軌《ふき》を謀《はか》る逆徒がいる。世の過渡期の混乱に乗じて、あるものは武士の名を借り、またあるものは官吏の名をかたって不良を働く浪人が多いと聞く。また、旧幕臣の府中にあるものですら、その論を一にせず、大義名分を忘れて身の方向を誤るものもあるのは、実に憂うるものである。

そこで、そなたを呼んだのはほかでもない。いま列挙したような不良の徒を一掃すべく探察に任ずる。昔のような粗暴をあらため、奉公をつとめよ」

と言い渡された。次郎長は予想外のことばに驚き、

「命令に背《そむ》くかもしれませんが、無頼《ぶらい》の長五郎が、どうしてそのような任務ができましょうか。御免蒙《こうむ》りたい」

と何度も辞退したが、判事はこれを受け付けず、やがて次の間に向かって、

「小池君、入りたまえ」

と呼びかけると、

「はい」

と答えて部屋に入ってきたのは次郎長を案内したのとは別の属官。椅子に座ったその顔を見れば、以前、次郎長方へ足袋を売りに来た商人だった。驚きの声をあげようとした次郎長を小池が制し、

「足袋商人の小池文作は、別のところで対面します」

といいながら、懐中から一枚の書状を取り出して判事に渡した。判事は書状に目を落とすと、次郎長の前で読み上げた。その文面は詳細に調べられた次郎長が犯した罪状であった。さすがの次郎長もこれには冷や汗を流して聞き入るしかなかった。罪状がすべて読み上げられると、次郎長は何とか頭を上げて、

「よくお調べになっておりますこと、感服するばかりです。しかし、そのうちの二件に関しましては……」

と、自分への濡れ衣に対しては堂々と弁明した。これを聞いた判事は、次郎長の実直な態度を大いに気に入り、あらためて探察を命じた。

ここにおいて次郎長の積年の罪科は免除されたうえに、平民の身分でありながら、帯刀を許された。次郎長はこの待遇を大いに喜び、恩命を拝受して帰った。

次郎長は天保一三年（一八四二）に家を出てから明治元年まで二七年のあいだ、常に危険の中にその身を投じ、いままで一日たりとも白昼堂々と表通りを闊歩したことはなかったが、今日からは帯刀して、白日の下を胸を張って歩けるようになった。

この年の一〇月、池田数馬と名乗る男が東海道を下り、やがて牧村四郎とともに家来数一〇人を引率して府中に一泊すると、ひそかに判事の長庁におもむき伏谷判事に面会を求めた。池田は、

「清水の次郎長と呼ばれる博徒がいて、家で子分数百人を養い、しばしば近郷を騒がせております。また最近では関東の賊徒に通じて、何かたくらんでいるようです。

急いで次郎長の首を切るべきです」

という。その言葉を聞いた伏谷判事は怪しんで、すぐに次郎長を呼んで事情を話した。事情を察した次郎長は、

「それは悪名高き甲州のものでしょう。実名は黒駒の勝蔵というものです」

というと、勝蔵の性格や罪科を報《しら》せた。また勝蔵を逮捕するために中泉をはじめとする役所が配っている書面を取り出すと、伏谷判事は驚き呆れるばかりだった。

3　伏谷氏の送別

悪事は千里を走るという。次郎長の子分は早くも勝蔵が名を池田数馬と変えて東海道を下っていると知ると、親分には告げずにひそかに江尻で待ち構え、もし府中から出発したら撃ち倒そうとしていた。次郎長たちの行動を聞いた勝蔵は恐怖に震え、ち

ょっとだけ立ち寄るつもりだった府中に足止めをくっていた。

ある日数馬の勝蔵は伏谷判事のもとを訪ねて、あることないこと並べて次郎長たちをしきりに讒言《ざんげん》し、

「清水のものは私に何の恨みがあるのでしょうか、いいがかりもいいところです。さらには江尻で待ち構えているとの噂です。もともと荒くれ者の集まり、恐れるには足りませんが、そんな野郎どもが判事の部下にいるというのでは人々の不安が募り、朝廷の御趣意とする鎮撫《ちんぶ》の道も立てられないでしょう。すみやかに解散を命じてくださ い」

と訴えて帰っていった。

伏谷判事はすぐに次郎長を庁に呼び、まずその虚実を正したあと、

「騒擾《そうじょう》があっては、官家に対して申し訳がない。すみやかに江尻から子分たちを退散させてはくれまいか」

と丁寧に諭《さと》すので、次郎長は判事の立場を慮《おもんぱか》り、その足で江尻に向かい、子分たちに判事の意を示し、清水へ戻らせた。

しかし、血気盛んな若者たちはひそかに街道で待ち伏せをしていたので、相変わらず勝蔵は府中に止まっていた。しかし府中に滞在しているのにも限界を感じた勝蔵は、夜中ひそかにその服装を変えて誰にも告げずに府中を去った。人々は勝蔵の卑怯なやり口と、みじめに退散する姿を「卑怯者」とあざ笑った。

この年の五月はじめ徳川旗下の壮士隊は上野の森に立てこもり、あくまで官軍に肘《ひじ》を張って、三〇〇年来の主恩に報いようと死を決して動く様子がなく、説いても諭《さと》しても、なびかなかった。

その月の一五日の未明に官軍が八方から進撃した。両軍の戦いは梢を鳴らし、地を震わせて一時は激戦とみえたがついに官軍が圧勝し、壮士隊は四方へちりぢりに逃げた。一つの壮士隊はあらかじめ品川沖に繋いでおいた軍艦咸臨丸《かんりんまる》へ乗り移り、北海へ回船しようとしたが、まだ関東にも内応する藩士がいるのを集めてまわった。

この年の七月、明治新政府のもとで駿府藩の一領主となった徳川亀之助（徳川家達。徳川宗家一六代当主。駿河藩初代藩主）へ朝廷から駿河七〇万石を賜った。駿府藩の財政を切り盛りしたのが中老役の大久保一翁であり、幹事役として勝海舟、山岡鉄舟がいた。判事伏谷氏は版図を取り調べ、徳川氏に引き渡すと、属官とともに駿府を去ることになった。これを聞いた次郎長は深く伏谷氏への恩顧を謝し、氏が府中を出発する日には大政、小政をはじめ主立った子分を率いて遠州浜松まで見送った。

伏谷氏は生来酒《せいらい》が好きで、府中に奉職の折りからも朝に夕にと盃を手放さなかったが、次郎長はこれを諫《いさ》めついには禁酒させた。この日一同は小夜《さよ》の中山を通りかかったとき、どこかの藩の武士が泥酔して松の根本に転がっていた。次郎長はその様子を

指さして、

「あれを御覧ください。酒に飲まれた人の有りさま。見るに堪えないものでございます」と伏谷氏に言うと、氏はただただ恥ずかしそうに笑うばかりであった。

翌日、浜松へ到着したがもともと伏谷如水氏は浜松藩の武士なので、同氏の親戚朋友などが多く道に迎えに出て、宴席の用意までされていた。しかし伏谷氏が頑《かたく》なに盃を辞すのを見て次郎長は、

「判事公の禁酒、今日から解きました。これからは心ゆくまで酒を楽しんでください」

というと、一同どっと湧いた。伏谷氏も笑いながら盃を手に取り、楽しい時をすごした。やがて次郎長たちは清水へ帰った。

4　壮士墓の題字

同じ年の九月はじめに咸臨丸は二一〇余名の乗組員で駿州清水の港を訪れ、四、五日繫泊した。

そんなある日、鑑中の脱士たちは留守居を一二、三名ほど残してそれぞれ上陸しているところに、官軍の兵鑑「富士山丸」「武蔵丸」「飛龍丸」の三艘が疾風のごとくあらわれて前後から砲撃した。留守居の一〇余名は必死に防戦したが、皆ことごとく戦死した。咸臨丸には水夫のみが残され、たちまち官軍の兵士が乗り込んで、船ごと奪い去った。船内で戦死した脱士の死骸は無惨にも海へ投げ捨てられた。その死体は清水港に浮き漁師たちは漁ができずに困り果てていたが、官軍の大総督府は駿府藩に対して、咸臨丸から逃亡した乗組員の厳重な取締を命じたので、湾内を浮遊する遺体を片付ける者はいなかった。この惨状を聞いた次郎長はため息をついて、

「世の成り行きにしたがってのことで、勝敗は仕方がない。けれども元々は忠義のため、義のために死んだ者たちだ。このまま魚のえさとなるのを見過ごすのは、男の名が廃《すた》る」

といって、九月二〇日の月明かりに子分四、五人を連れて人足を雇い入れて水面に浮かぶ死体、海底に沈んだ死体、浜に打ち上げられた死体を集めた。

合わせて七人の死体を引きあげたが、誰一人として五体満足のものはなく、腕を落とされ、腸を出され、首がないものもあり、さらには腐敗が進んで悪臭を放っていた。

このとき次郎長の家に旧幕の士が泊まっていて、偶然にもこの死体の身元を知って

いた。その名を聞くと、春山弁蔵、春山鉱平、今井幾之助、長谷川清四郎、高橋与三郎、加藤常次郎、長谷川得蔵とわかった。副艦長春山弁蔵は勝海舟の門下生で、長崎海軍伝習所の第一期生として活躍し、わが国洋式造船の第一人者であった。師の勝海舟はその日の日記に愛弟子の死を追悼している。

次郎長は菩提寺から僧を招いて丁寧に弔った。それぞれ柩に納めて小舟に乗せて、向島の松の大樹の根本に埋葬した。

次郎長はなぜ朝廷に対抗する旧幕の士を埋葬したのだろうか。この質問に次郎長は、

「ああ、世の人はなんと情《じょう》のないことだろうか。死んでまで罪を着せたままにしようとするなんて。賊と呼ばれ敵となっても、それはただ生前のことだ」

と答えた。この次郎長の行いを人々は喝采し、次郎長は子分をますます増やした。また、脱士たちを埋葬しただけでなく、法要も手厚く執り行った。

賊軍の戦死者を収容し、手厚く埋葬した次郎長の義挙に対し、心の中では戦死者に同情しながらも、駿府藩庁は黙認するわけにはいかない事情があった。ひとつは官軍からの命令であり、さらにタイミングが悪いことに、即位したばかりの明治天皇が首都東京に向かって、九月二〇日に京都を出発していたのだ。徳川家にゆかりの駿河一帯はもっとも危険な地域であり、厳重な警戒が求められていた。

出頭した次郎長は、

「官軍に刃向かう賊兵を、手厚く葬るとは、けしからん。お上を恐れぬ不届きな行動だ」

と難詰《なんきつ》する役人に、

「死ねば仏だ。仏に官軍も賊軍もあるものか」

と眉一つ動かさずに言い放った。

当時、駿府藩幹事役をつとめていた山岡鉄舟は、次郎長の侠気に富んだ応答の噂を伝え聞き、強い感銘を受け、

「一介の博徒ではないな、一度会ってみたいものだ」

と周囲に語った、という。

戊辰戦争の開始以来、朝敵の烙印《らくいん》を押された戦死者を祀ることは許されなかった。しかし次郎長の義挙に先立ち、京都の博徒会津小鉄は、鳥羽伏見の戦い（慶応四年一月三日）の際に、会津藩をはじめとする徳川軍の敗死者を埋葬した。さらに、清水港の咸臨丸乗組兵埋葬の八ヵ月後、明治二年五月一八日に箱館五稜郭が落城し、戊辰戦争が終わった。城に放置された賊軍兵を埋葬したのは箱館の博徒柳川熊吉であった。熊

吉は次郎長と同じく、戦死した将兵を顕彰する慰霊の碧血碑まで建立している。

のちに（明治二年）次郎長が碑を建てる案を持ち出すと、山岡鉄舟がこの噂を聞きつけて、次郎長の侠気を讃えて碑面の題字を贈った。表面は「壮士之墓」、裏面には髑《どく》髏《ろ》が一つ描かれた。このことから土地の人はこの松の大樹を、壮士の松、髑髏の松と呼んだ。

山岡鉄舟から書を贈られた次郎長の喜びは尋常ではなく、すぐに碑面の題字に採用した。

脱士を弔った次郎長に処罰が加えられることはなく、静

岡藩の命令で次郎長＝山本長五郎は市中の取締役を任じられることになった。次郎長はその恩義に感激し、日夜公事に奔走した。

5　二代目おちょうの死

箱館五稜郭《ごりょうかく》の戦いが終わって四日後の明治二年五月二二日、次郎長の女房二代目おちょうが殺された。二代目おちょうは次郎長の先妻「初代おちょう」が名古屋で病死したあと再婚し、同じく「おちょう」と名乗っていたのだ。

次郎長が所用で三河に出かけていて、留守を取りしきる大政などの子分たちが出払った昼すぎ時に、徳川の浪士らしい一人の武士が上町の次郎長宅を訪ねてきた。おちょうは次郎長の不在を告げ、ちょうど来合わせた甲斐絹の行商人と値段のやりとりを始めた。すると、無視されたと思いこんだのか、武士はいきなり抜刀し、仲裁に入る

行商人の肩口を力任せに切りつけた。おちょうは黒駒勝蔵一味の刺客の襲撃と思い、

「この人は素人《しろうと》だよ、斬るんじゃない」

と叫んだ。逃げる行商人をかばい、立ちふさがったおちょうは、肩口から胸元まで斬られ、血を噴いて倒れる。

おちょうの悲鳴と惨劇の様子に驚いた人々は、外出先の大政たちに急を知らせる。

大政は血相を変え、駆け戻ってきた。おちょうは気丈にも、大政たちに、

「武士の格好をしていたが、黒駒の奴らにちがいない……」

と告げた。

「姐さん、俺らが出かけて、姐さん一人にしてすまねえ。親分の留守に、姐さんが襲われたとあっては、面目が立たねえ」

と、大政は手下を総動員し、四方に追わせ、おちょうの介抱に残った。追っ手の陣頭に立つ啓次郎は、

「見つけたら、呼子《よびこ》を吹け」

と子分たちに命じた。あちこち探索したが、なかなか見つからない。やっと、

「侍が村松村の方へ走っていくのを見た」

という情報を得、続いて村松村の海長寺に逃げこんだとの目撃証言も出た。境内や寺の各所を探したが見つからない。日暮れも近づき、寺を遠巻きにしていた追っ手の面々は決断し、

「寺に火をつけるより、方法はあるまい」

と声高に話し合い、火元を用意するように叫んだ。すると、武士が一人、門から出てきて、

「この寺にこれ以上迷惑をかけるわけにはいかない」

といい、田の畦道《あぜみち》を走って逃げた。人数に勝る追っ手は何人も切られながらも殺到し、ついに武士を斬り殺した。追っ手が帰るのを待つようにして、大政たちに見守ら

れておちょうは絶命した。

武士は官軍に怨みをもち、久能村に駐屯している新番組隊士「山崎某」であった。次郎長を新政府への協力者と逆恨みして、暗殺の標的としたものと思われた。山崎を殺された新番組一同と次郎長一家二〇〇人の間に、一触即発の緊張が高まった。

次郎長は急ぎ帰ると、部下の軽挙妄動を禁じ、駿府藩庁に陳謝し、山崎を斬った子分を謹慎処分にして、この難局を乗り切った。

次郎長が生き抜いてきた博徒の立場に立てば、女房おちょうを殺害されて、その仇を討っただけのことであり、先に陳謝するのは筋が通らない。大政や小政などの子分たちが不満を抱いたのも当然である。しかし、明治の世となり、公に奉仕する地元有力者の立場を歩みはじめた次郎長は、もはや旧幕時代の無頼一辺倒の博徒ではなくなっていた。

6　黒駒党の滅亡

そんなある日のこと、次郎長のもとに急な出動の要請があって、次郎長は子分の庄助を供に連れて、馬で三島へ向かっていた。もうすぐ吉原宿にさしかかろうとしたとき、そこに待ち伏せしていた黒駒党の子分の金七、年蔵など総勢二〇余人が道の左右から飛び出して二人の前に立ち塞がり、口々に罵りながら撃ちかかってきた。

次郎長と庄助は慌てることなく馬から降りると、刀の柄に手をかけて、キッと前方を睨みつけ、

「なあ、お前らは何者だ。この次郎長を撃ちたかったら気の済むまで撃たせてやるが、ここは天下の大街道、蟷螂虫《とうろうむし》の小競《こぜ》り合いは往来の邪魔になる。

またお前らは知ってるのかどうか、恐れ多くもこの次郎長は駿遠三三カ国の領主徳

川亀之助公から市中取締役を仰せつけられている。いまもその任務で三島の宿まで行く途中、お前ら相手に喧嘩などしている暇はない。本当にこの首が欲しいのなら、明日の午後あらためて富士河原まで出てこい。その時までには御用も済ませて、望み通り撃たせてやろう」

という。その気迫に圧倒された金七たちは、怖《お》ず怖《お》ずと退却しながら、

「そこまで頼むのなら、明日まで待ってやろう。富士河原の件、忘れるなよ」

と言い、我先にと走り去る。次郎長たちは、急いで三島宿へ駆けつけて公用を済ませた。

その翌日の午後、昨日の約束を果たそうと、次郎長は昨日と同じく庄助だけを連れて富士河原に向かった。到着すると、誰一人いなかった。それではしょうがないと、きびすを返しその夜は岩淵へ泊まって清水へ帰った。

そのころ黒駒の勝蔵は東海道を下ってようやく東京に着いたが、その品行の悪さに

すぐに主家を追い出された。子分四人と一緒にふたたび東海道を上ったが、立ち寄った先々の宿駅で横暴を働いた。ついに掛川宿に着いたとき、次郎長の子分小政、信太郎、房五郎などに出くわし刀を交えた。黒駒党の三人の子分は切って捨てられ、勝蔵と子分一人は辛くもその場から逃げ出した。

そののち勝蔵は甲州へ戻ってからも悪事を働きつづけ、土地の人々の恨みを買って、明治四年（一八七一）一月、ついに捕らえられた。勝沼の伊助殺しや犬上郡次郎殺し、国分の三蔵の子分太兵衛殺しなどの罪に問われ、甲府において斬罪に処され、四〇歳の生涯を終えた。ここに黒駒党はあっけなく途絶えた。

十　富士山麓の開墾と大往生

1　新門辰五郎との出会い

海道一の大親分と言われた清水次郎長は明治維新を境に、無頼の渡世を改め、正業で生計を立てようとした。次郎長の大変身のキッカケは、伏谷如水による抜擢《ばってき》と、山岡鉄舟との運命的な出会い、江戸町火消「を組」の頭領《とうりょう》新門辰五郎との会見など、多彩な人物との邂逅《かいこう》であった。

二代目おちょうを殺された同じ年（明治二年）の一二月、清水港の廻船問屋松本屋で新門辰五郎と会見した。

辰五郎は幕臣勝海舟と交流があり、海舟の回顧録『氷川清話』にも登場する。娘の芳が縁あって、最後の将軍徳川慶喜の妾となっていた。その関係から、慶喜が元治元年（一八六四）に禁裏御守衛総督を命じられると、子分を率いて上洛し二条城の警備をするなど、幕末維新の激動期に慶喜の行く先々での護衛役を務めてきた。このころ慶喜は明治政府の温情により死一等を免じられ、静岡に移り住み、頻繁に清水港を訪れ、趣味の網打《あみう》ちに興じていた。護衛役を自任する辰五郎も静岡に居住していた。

辰五郎七〇歳、次郎長五〇歳の出会いである。両雄は松本屋の一〇畳の奥座敷で向かい合った。文字通りの修羅場をくぐり抜けてきた者同士の、以心伝心の共感が見て取れた。

「わしの役目は終わった。あとは頼む」

という辰五郎の言葉に同意し、次郎長は辰五郎の後任として陰に陽に慶喜の護衛の任に当たった。辰五郎は安心して明治四年に東京に引き上げ、三年後の明治八年に波乱の生涯を閉じた。

次郎長が明治二六年に病気にかかったとき、慶喜は長年の次郎長の尽力にこたえ、自らの侍医を差し向けたと伝えられている。また袴の下に着ける熨斗目《のしめ》（将軍時代の葵の五つ紋入り）を贈っている。

2　山岡鉄舟と富士山麓の開墾

次郎長が山岡鉄舟に出会ったのは慶応四年（明治元年）である。次郎長四九歳、鉄舟三三歳のときであった。鉄舟は勝海舟や義兄の高橋泥舟らとともに、最後の将軍慶喜を守護した。

徳川幕府が滅亡したあと、徳川家は徳川家達を藩主として、明治新政府のもとで駿河・遠江・三河に七〇万石を与えられ、駿府に移住。駿府を静岡と改称して明治二年八月に静岡藩を立て、かろうじてその命脈を保った。鉄舟は藩政補翼《ほよく》（補佐役）に就任し、幕臣たち数万の無禄移住者の対応に腐心する。そうした状況のなかで次郎長と親交を深めた。鉄舟の高潔な人格に接し、次郎長は心服したという。

明治四年に廃藩置県が断行されると、静岡藩は消滅し、鉄舟は新政府に出仕。その清廉潔白《せいれんけっぱく》な人柄が認められ、翌明治五年に一〇年間の約束で、明治天皇の側近に登用された。鉄舟は時代の激動期に遭遇し、壮年期の徳川将軍慶喜と、青年期の明治天皇のそば近くに仕えるという希有な体験をしたのだ。

鉄舟は次郎長に時代の変化を説き、

「親方、今さら、博徒渡世でもあるまい」

と言った。鉄舟は次郎長を親方と呼んでいたという。次郎長に次々と社会事業の道を示し、さまざまな人物を紹介した。その一人が彰義隊生き残りの幕臣村上正局である。村上は明治五年に相良《さがら》油田（牧之原市西部）を発見し、鉄舟に開発を相談したのだ。次郎長は鉄舟の呼びかけに応じ、相良油田の開発に助力する。

相良油田の石油は良質で、世界的に稀《まれ》な軽質油で、精製せずに用いても自動車が動くほどだった。明治六年（一八七三）五月に手掘りの採油が始まり、最盛期の明治一七年ごろには六〇〇人もの人が働き、年間採油量は七二一キロリットルに達した。次郎長はしばしば相良に通っていた。油田は操業を続け、一〇七年後の昭和五五年（一九八〇）に採油を停止している。

相良油田の開発に前後して、鉄舟は時の県令大迫貞清の要請を受け、

「囚人を使って、富士山麓の開墾事業をしないか」

と次郎長にもちかけた。大迫県令は、

「県の助成金二千円を基金にしたらいい」

と助言した。

明治二年に清水港の新開地向島に人足場が新設され、囚徒改心所も併設されていた。次郎長と同じ町内の専念寺の曾我諦道住職が教誨活動を実践しており、鉄舟たちから、

「囚徒の更正にも役立つ。囚徒を使うなんて、次郎長でなきゃぁできないよ」

と言われた。

次郎長は承諾し、明治七年に富士山麓（富士市大渕字次郎長町）の開墾に着手し、初めは少人数だったが、開墾が軌道に乗ると五〇人の囚徒を連れて行き、足鎖をはずしてクワを持たせた。次郎長一家の子分たちも参加した。次郎長も女房三代目おちょうを連れ、富士の裾野の荒れ地の開墾の陣頭指揮をし、現場監督は次郎長の一の子分大政がつとめていた。

三代目おちょうは西尾藩（愛知県西尾市）の藩士篠原東吾の娘けんで、次郎長より一

七歳年下の気丈な女性。次郎長に付き添って、開墾現場に出向き、囚人を使役しての苦労話を、

「広場へ大きく竹矢来を二重に結《ゆ》って小屋掛けし、わたしども夫婦は入口のところで、門番のような具合に、同じく小屋掛けしました」

と次郎長亡きあとの回想録『侠客寡《ご》婦《け》物語』で述べている。

厳重な見張りはしても、囚人は鎖を外されて自由に動けるし、囚人の女房や子どもなどが面会に来ると、どんどん会わせてやった。懸念した逃亡者は一人も出ず、開墾は順調に進んだ。人里離れた山の中の開墾地のために食料は、

「四頭の馬を囚人に牽《ひ》かしちゃあ、長五郎（次郎長）か私が付き添って大宮（富士宮）まで買いに行きました」

と、おちょうが述懐している。

3　天田五郎を預かる

次郎長が富士山麓の開墾に精を出していた明治一一年一一月の初め、鉄舟から呼び出しがかかり、静岡伝馬町の旅宿に急いだ。鉄舟は明治天皇の側近として、北陸東海御巡幸に供奉《ぐぶ》して、静岡に来ていた。鉄舟は、

「親方、この男を預かってくれ」

と言った。男は天田五郎と名乗り、いかにも屈強で整った顔立ちであった。五郎は戊《ぼ》辰《しん》戦争で行方不明となった父母妹を探して諸国を遍歴し、行く先々で鉄舟の前に現れていた。明治一〇年に西南戦争が勃発すると、五郎の周りには政府に不満を持つ東北・九州の不平士族があふれ集まっていた。要注意人物になりつつある好青年の前途を心配し、次郎長にその身柄を託したのだ。

「親方、この眉毛の太い、尻軽き尻焼猿のような痴《し》れ者、山に置くもよし」

「かしこまって候。あまりにひどいときは胴切りに斬り放しましょう」

と応答し、五郎青年は次郎長一家の食客となった。

「山に置くもよし」

とは富士山麓の開墾事業である。鉄舟は次郎長の改心の証《あかし》でもある開墾事業の行く末を案じ、手助けになればとの配慮だった。五郎は次郎長を慕い、次郎長も折りにふれては波乱の半生を語り聞かせた。五郎は天与の文才を発揮し、数カ月のうちに次郎長の一代記の草稿を書きあげ、鉄舟に届け、絶賛される。

明治一四年二月に清水一家一《いち》の子分大政《おおまさ》が病死、五〇歳であった。大政は次郎長の後継者と自他ともに認められ、養子となり山本政五郎の名で入籍していた。後継者を失った次郎長は五郎を養子に指命。大政がつとめていた開墾場の現場監督も五郎が引き継ぐこととなった。

4　次郎長の逮捕と『東海遊侠伝』の発行

富士山南麓の開墾事業が一〇年目を迎えた明治一七年二月二五日、次郎長は「博徒犯処分規則」により静岡県警察本署に逮捕された。

この法律は同年一月四日に公布されたばかりのものであった。明治一〇年代の自由民権運動の高まりと、新政府に不満を持つ博徒との連携を懸念し、明治政府が断固たる処置を決意しての法律制定であった。政府の懸念通り、法律公布の一〇ヵ月後には秩父困民党が蜂起した。秩父困民党の総理田代栄助と副総理加藤織平はともに地元の侠客であった。

四月七日、次郎長に「懲罰七年、科料四〇〇円」の重刑が言い渡される。明治天皇の側近をつとめる山岡鉄舟の知遇を得、薩摩出身の静岡県令大迫貞清と親交のある次郎長にとって、思いがけない重い刑罰だった。もっとも県令は前年末に大迫から奈良原繁に変わっていた。

三代目おちょうは次郎長逮捕と同時に天田五郎を呼び寄せる。かかわりを懸念して冷視する親類に苦慮しながら次郎長救出の対策を練る。次郎長の後半生の足跡を記述した『東海遊侠伝』が同じ四月に発行され、鉄舟らの支援のもとに嘆願運動が続けられた。その効があって、翌明治一八年一一月に特赦放免された。

富士山麓の開墾は囚人を使役するかわりに、一人も脱走させないことを約束事とし、一〇年間厳重に守り通してきたのだが、次郎長が逮捕された明治一二年に、開墾地から囚人が一人脱走した。この一件が端緒《たんちょ》となって開墾事業は挫折する。もっとも博徒として無頼に生きてきた子分たちが、親分次郎長の「改心」ゆえに始まった開墾に狩り出されても、すんなりと開拓民の一員におさまるのは無理があったし、資金難と人手不足と、囚人のやる気のなさなどが重なり、次郎長親分の逮捕が追い打ちをかけ、七六町歩の開墾をはたして、遂に撤退《てったい》せざるを得なくなったのである。

5　次郎長の大往生

次郎長は出所した翌年明治一九年（一八八六）一一月に、清水港の波止場に船宿「末広」を開業する。おちょうが経営に没頭し、商売は当たり、

「軍艦がどんどん入ってくると、次郎長親分はいるか、といってはひいきにして下さいますので、ほとんど海軍の定宿になっていました」

とおちょうは当時を回想している。若き日の海軍士官広瀬武夫や小笠原長生たちが訪れ、次郎長の武勇談に聞き入った。

明治二一年七月に山岡鉄舟が死に、谷中全生庵の葬儀に次郎長一家をあげて参列した。

明治二六年にカゼをこじらせ、次郎長は病床につく。おちょうの看護を受けながら六月一二日、大往生を遂げる。享年七四歳。葬儀は菩提寺の梅蔭寺で営まれ、全国各地の親分たち三千人の葬列は二キロメートルも続いた。戒名は、

「碩量軒雄山義海居士」

で、一周忌の折りに建立された墓に、榎本武揚が揮毫《きごう》している。

明治四二年六月に一七回忌の法要が営まれたあと、おちょうは新聞に、次郎長の回想録『侠客寡婦《ごけ》物語』を二〇回連載し、追悼の思いを綴った。おちょうはその後も「末広」の営業を続け、大正五年（一九一六）六月に、

「頼みなき　この世をあとに　旅衣
　あの世の人に　会うぞ嬉しき」

の辞世を残して、永い眠りについた。

巻末特集

富士山南麓の開墾地を訪ねて

一　畳の上の大往生

海道一の大親分と呼ばれた清水次郎長は明治二六年（一八九三）六月一二日、七四歳の波乱の生涯を終えました。国定忠治が関所破りの罪で磔《はりつけ》になり、町奴の頭領幡随院《ばんずいいん》長兵衛が旗本奴の首領水野十郎左衛門の屋敷で斬殺されたのにくらべ、侠客には珍しく畳の上の大往生でした。今年は節目の没後一二〇年に当たります。

侠客次郎長の生涯は、

1　いたずらの限りを尽くす悪ガキ時代。

2　博徒として名を上げ、保下田《ほげた》久六や黒駒勝蔵などと血で血を洗う抗争に明け暮れる、無頼の侠客時代。

3　明治維新を契機に大変身し、数々の社会事業で世のため人のために尽くした後半生。

に大別できます。

二　明治維新後の次郎長の業績

今から二〇年前の平成四年五月に、次郎長没後一〇〇年を迎えるにあたって「次郎長翁を知る会（竹内宏会長）」が発足し、熱心な顕彰活動を続けています。同会発行の次郎長紹介の資料には、明治維新後の次郎長の後半生の業績として、

① **壮士の墓**……幕軍の咸臨丸が官軍の砲撃を受

け、戦死者が清水港に浮かんだとき、「仏に罪はねえ」と手厚く葬った「壮士の墓」。これを契機として山岡鉄舟、榎本武揚などとの親交が深まりました。

②**海運業の開始**……蒸気船三隻を購入して清隆社を興し、清水～横浜間の定期航路を開設。

③**英語塾の開設**……自宅を開放して設置。

④**流通機構の整備**……清水港の発展に必要な流通機構を整備。

⑤**富士山南麓の開墾**……囚人を使い富士裾野の大淵地区を開墾。

⑥**神道天照教の開設に協力**……明治一二年に伊勢神宮より分霊奉遷の天照教の設立に協力。

⑦**相良油田の開発に協力**……山岡鉄舟の紹介で、開発に協力。

⑧**相撲興行**……海外雄飛のパイオニア「山田長政」の顕彰碑建立の資金集めの相撲興行。

などが上げられています。

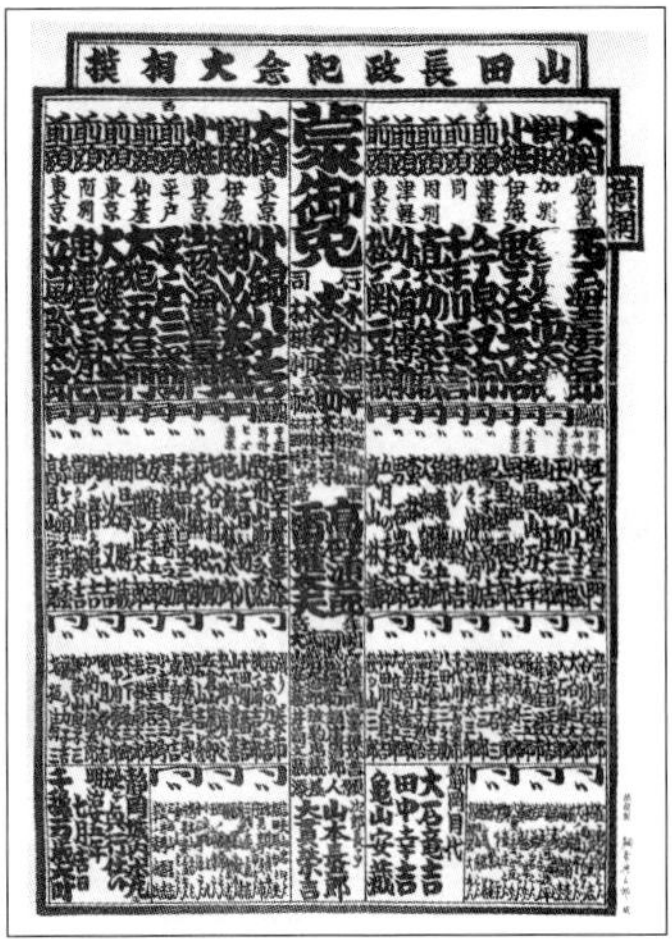

▲相撲興行の番付表
（山本博之氏提供）

明治維新を迎えたとき、次郎長は働き盛りの四九歳でした。七四歳で亡くなるまでの二五年間に、侠客の前半生と異なる社会事業家としての活躍をしています。

三　富士山南麓の開墾地

山岡鉄舟や新門辰五郎との出会いを縁に、次郎長の後半生は思いがけぬ展開を示しました。同じく本書の版元と奇縁を結ぶ西脇修二氏の紹介で、次郎長に縁のある山本博之氏に出会うと、大きな展開がありました。貴重な資料と秘話の数々に魅了されながら、山本氏に、

「富士山南麓の開墾地はどうなっていますか？」

と質問すると、

「百聞は一見にしかずです。叔父が詳しいので、現地の案内を頼んでみます」

と一気に話が盛り上がりました。吉原宿の鯛屋旅館に集合し、旅館の主人で、「次郎長翁を知る会」の会員佐野大三郎氏の運転で富士市北部をめ

▶次郎長・鉄舟の常宿「鯛屋旅館」

▲記念碑

▶白髭神社

ざしました。鯛屋旅館は次郎長や鉄舟の常宿でした。次郎長は開墾の後半、清水との往復が増えるとよく泊まったといいます。鉄舟自筆の「鯛屋與三郎」の看板が残されています。

車は海抜〇《ゼロ》メートルの田子の浦海岸から富士山頂に通じる日本一の高低差の「富士山村山口登山道」に沿うように進み、到着したのは白髭《しらひげ》神社。

次郎長が富士市大淵の開墾の拠点とした所です。出迎えてくれたのは大淵町在住の荻野三子男氏など、次郎長の開墾の経緯に詳しい方々でした。境内には次郎長の養子で『東海遊侠伝』の著者天田五郎が植えたと伝えられる樹高六・五メー

▲資料をもとに熱心に解説

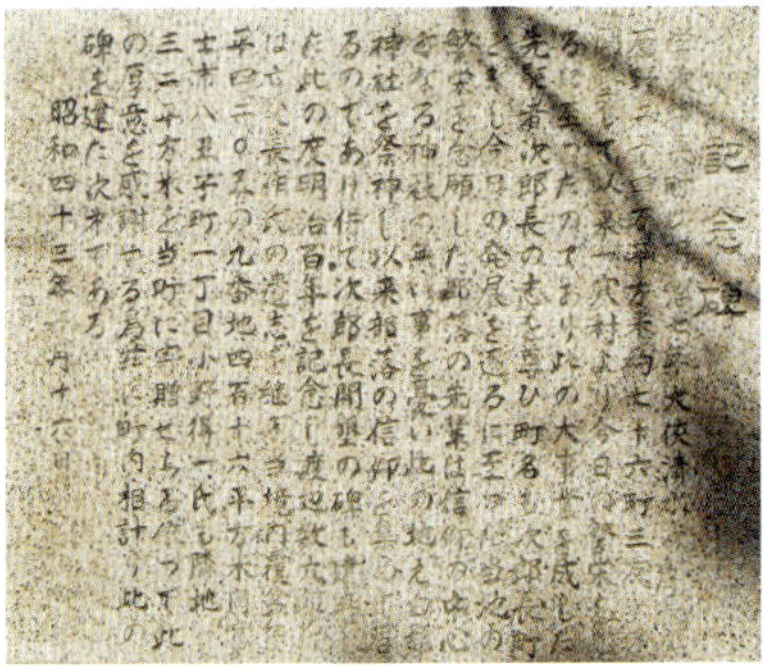

▲開墾の功績を伝える記念碑

▲田中淳一著

トルのヒイラギの大木があり、神社左手に、「大侠次郎長開墾記念碑　海軍大将男爵八代六郎書」の大きな石碑がありました。昭和四三年一〇月建立の記念碑もあり、碑には、

「当次郎長町は明治七年大侠清水次郎長が原野二十四万平方米約七十六町三反歩を開墾して以来一寒村より今日の繁栄を見るに至った……」

と、次郎長の開墾の功績を顕彰しています。

四　開墾地の地道な研究

白髭神社に隣接する次郎長町公会堂に移動すると、荻野氏は持参の厖大な資料を示しながら、富士山南麓の開墾の経過について熱心に解説し、

「これらの研究の多くは地元の大淵中学校で教えていた田中淳一先生の研究成果です。残念ながら先生は今年（平成二三年）の九月に亡くなりました」

と、『清水次郎長（山本長五郎）の次郎長開墾の歩み』と題する小冊子を広げました。小冊子には、

◆牧ノ原台地の開墾をまねてお茶を植えたが、土壌が酸性のため当初は上手くゆかなかった。

◆静岡県令大迫貞清から、二千円の助成金が送られ、毎月三〇円の月給が支給された。

◆静岡県は静岡藩の無禄移住士族の授産事業として、開墾計画などの勧農政策を進めていた。大淵地区が官有地（幕府の天領）だったので、県令の許可で入植しやすかった。

◆水の湧出する所がなく、飲用水に困って隣村神成《かみなり》村から水を運んだ。

など、貴重な研究成果が収録されています。なかでも「土地台帳―富士市次郎長町管内―」の綿密

な調査結果は圧巻です。

高橋敏著『清水次郎長』（二〇一〇年、岩波書店）でも、「開墾の規模、進捗状況は……富士市の田中淳一氏の詳細な土地台帳分析が概要を明らかにしてくれる」として、全面引用しています。

さらに田中氏は「畑として開墾した土地は七町八反四畝二一歩だけで、残りは林野を原野に開墾しただけ」とし、「白髭神社内の記念碑に〝約七十六町三反歩を開墾〟としてあるが、この数字は払い下げられた土地全部」と指摘しています。

五　神成《かみなり》地区と天照教

次に神成地区を訪ねました。開墾時、神成村は山持ちの豪農が多く、「わしは神成の者だ」と言うと他の村人から羨ましがられたといいます。渡

▲おちょう箪笥と当主の渡辺俊次氏

▲水汲み場となっていた神成の小川

◀現在の次郎長開墾地

▲天照教の奥の院への道

▲西郷従道、次郎長などの手植えの桜。130年余の樹齢です。

辺家所蔵の「舟箪笥」は次郎長が「長いこと世話になったね」と礼をいって置いていったものです。当主の渡辺俊次氏は、「父母たちは、おちょう箪笥と言っていましたね」と幼い頃の記憶を物語ってくれました。渡辺家近くに水汲み場があり、神成から開墾地に水を運ぶ大変さが偲ばれました。

つづいて次郎長が創設に協力したという天照教を訪ねました。天照教の教祖徳田寛豊は「桜田門外の変」で大老井伊直弼の首を斬り落としたことで有名です。身を隠して各地をまわり、明治二年に駿河湾を見下ろす景勝の霊地を選び、天照教を開設しました。村山古道近くの神域の霊気ただよう境内には教祖の徳田寛豊、協力者の西郷従道、高島嘉衛門、清水次郎長などの手植えの桜が巨樹古木となり、天に向かってそびえていました。

近来、地元の方々の尽力で、荒廃していた村山古道の整備が進んだと聞きます。花散りそそぐ春の日に村山古道を登り、桜花繁る天照教の境内を再訪したい――と思いました。（文責・割田剛雄）

義と仁叢書2

清水次郎長——海道一《かいどういち》の大親分《おおおやぶん》

平成二四年四月一〇日　初版第一刷発行

著　者　一筆庵可候

発行者　佐藤今朝夫

発行所　株式会社　国書刊行会
〒一七四―〇〇五六
東京都板橋区志村一―一三―一五
TEL　〇三（五九七〇）七四二一
FAX　〇三（五九七〇）七四二七
http://www.kokusho.co.jp

印　刷　株式会社　エーヴィスシステムズ

製　本　株式会社　ブックアート

ISBN 978-4-336-05407-4